IL ETAIT UNE FOIS
EN AMERIQUE

ARNON MILCHAN
présente un film de
SERGIO LEONE
avec ROBERT DeNIRO

IL ÉTAIT UNE FOIS EN AMÉRIQUE

avec JAMES WOODS
ELIZABETH McGOVERN
BURT YOUNG
dans le rôle de Joe
TUESDAY WELD
JOE PESCI
et TREAT WILLIAMS
dans le rôle de Jimmy O'Donnell

Musique de
ENNIO MORRICONE

Scénario de
SERGIO LEONE, LEONARDO BENVENUTI
PIERO DeBERNARDI, ENRICO MEDIOLI
FRANCO ARCALLI, FRANCO FERRINI

Producteur exécutif
CLAUDIO MANCINI

Produit par
ARNON MILCHAN

Mise en scène par
SERGIO LEONE

SNC

LEE HAYS

Il ETAIT UNE FOIS EN AMERIQUE

PRESSES DE LA CITE
PARIS

Titre original :

Once upon a time in America

Traduit de l'anglais par René Baldy

Publié avec l'accord de The New American Library, Inc., New York, U.S.A.

Ce roman est tiré du scénario de *Il était une fois en Amérique*, écrit par Sergio Leone, Leonardo Benvenuti, Piero De Bernardi, Enrico Pledioli, Franco Arcalli et Franco Ferrini. Le scénario est basé sur le roman *The Hoods*, de Harry Grey.

ISBN 2-258-01376-3

Chapitre premier

1933

Percussions, clochettes et xylophone, les timbres du gamelan [1] se heurtaient durement aux échos de l'extérieur. Sur le plan musical et culturel, un abîme séparait le petit orchestre et les voix de la rue. D'ailleurs, ce jour-là, les voix ne parvenaient même pas à s'accorder entre elles. Chacun interprétait *God Bless America* dans le ton et avec le degré d'ironie qui lui convenaient. Certes, la Prohibition venait d'être abolie et le chœur improvisé rendait grâce au ciel d'avoir mis fin au fléau, mais un autre fléau sévissait : la situation économique désastreuse. Il y avait nombre de sans-emploi parmi les chanteurs et certains paraissaient écorcher la mélodie avec un petit plaisir narquois.

Dans la salle, des silhouettes sombres, manipulées par un adroit marionnettiste, évoluaient sur un écran. La musique orientale à douze tons rythmait leur danse et leurs courbettes. L'assistance se limitait à quelques grappes de spectateurs. La plupart somnolaient. D'autres étaient plongés dans diverses formes d'ébats libidineux. Nul, en tout cas, ne semblait s'intéresser à la représentation traditionnelle sur le thème séculaire de la lutte entre le bien et le mal. Des

1. *Gamelan* : ensemble musical indonésien essentiellement composé de percussions à lamelles métalliques (N.d.T.).

spectateurs s'endormaient pendant que leurs voisins connaissaient un plaisir furtif et insatisfaisant. Sur l'écran, une immense chauve-souris déploya ses ailes, happa les ombres téméraires qui se risquaient à sa portée et les emporta dans les ténèbres.

⁂

De l'autre côté de la rue, les ténèbres régnaient aussi dans une petite chambre d'hôtel. La lumière blafarde d'une ampoule de trente watts accrochée au plafond du couloir parvint à peine à projeter une ombre sur le sol lorsque la jeune fille ouvrit sa porte. Elle entra, referma et actionna le commutateur près du chambranle. Pas de résultat. Cédant un instant à l'affolement, Eve faillit s'enfuir à toutes jambes. Mais non, elle se sentait trop lasse. Une courte hésitation, et elle traversa lentement la pièce obscure. Près de la table de nuit, elle chercha le second interrupteur. Cette fois encore, elle n'obtint qu'un « clic », et rien d'autre. D'une main aveugle, elle palpa alors le pied de la lampe, trouva l'ampoule et la serra. La pièce s'éclaira aussitôt. Surprise, Eve sursauta puis elle se reprit et fit un tour d'horizon. Dans la glace, son regard rencontra un visage marqué par la vie, le sien. Un visage de vingt-cinq ans qui en avait beaucoup trop vu.

De la rue montaient les accents discordants d'un chant d'allégresse :

Dans la nuit,
Brille une lumière...

Soudain, quelques secondes après avoir touché l'ampoule, Eve prit conscience d'une anomalie. Le verre était déjà chaud. Quelqu'un avait allumé la lampe avant elle. Le cœur battant à tout rompre, elle poursuivit son examen de la pièce. Son regard se posa sur le lit. Draps et couvertures étaient entassés pêle-mêle sur l'oreiller. Nerveusement, elle les rabattit vers le pied et découvrit le corps d'un homme criblé de balles. Un filet de sang presque coagulé suivait un trajet sinueux entre la bouche béante et la pointe du menton.

Il y eut un bruit, comme un craquement de verre sous une semelle. Eve se retourna, voulut crier, mais aucun son ne franchit ses lèvres. Quatre hommes surgis du néant empêchaient toute retraite vers la porte ou la fenêtre. Un courant d'air froid faisait battre les rideaux. Eve sentit la chair de poule lui hérisser la peau. Elle tressaillit de tous ses membres. Les hommes la considéraient d'un œil inexpressif, comme un morceau de viande sur un étalage. Elle connaissait cette sorte de regard ; son métier l'y avait habituée.

L'un des individus, petit et râblé, se baissa pour ramasser un cadre sur lequel il pointa le canon de son pistolet. La photo, encore entourée d'une frange de verre brisé, représentait un jeune homme. Celui qu'elle aimait et qu'on allait lui demander de trahir.

— Où il se planque ?

Le ton était calme, implacable. A cet instant, Eve comprit que son sort était réglé. Elle n'avait aucune chance d'en sortir vivante. Elle ne pouvait plus espérer qu'une chose : qu'ils en finissent vite et sans trop la faire souffrir.

— Je ne sais pas, répondit-elle. Je le cherche partout depuis hier.

— Tu mens, salope ! lança un autre homme en s'avançant vers elle.

Il lui décocha un swing du gauche qui l'atteignit au milieu du visage et lui brisa le nez. Projetée en arrière, la jeune fille valsa jusqu'au lit et s'écroula sur le cadavre. Elle resta quelques secondes inerte puis se redressa, le regard implorant, en tentant d'essuyer le sang qui ruisselait de son nez.

Du coin de l'œil, elle vit l'homme qui gardait la porte de la salle de bains sortir un objet de sa poche et le visser au canon de son arme. Toujours sans élever le ton, le petit râblé reprit d'une voix presque débonnaire :

— Allons, Eve, ne nous force pas à être méchants. Dis-nous où il est...

— Mais, je vous jure, je ne sais pas ! Qu'est-ce que... Qu'est-ce que vous lui voulez ?

Elle déglutit avec peine puis toussa. Le sang qui lui coulait dans la gorge rendait sa respiration difficile. Les mots ne voulaient pas sortir.

— Je... je ne sais pas, parole ! enchaîna-t-elle, la voix étranglée par les sanglots. Je vous le jure ! Il faut me croire !

— O.K., je te crois, déclara le petit râblé qui semblait être le chef.

Il fit un signe de tête vers la porte de la salle de bains.

L'homme leva son arme. Eve vit le long silencieux pivoter. Puis, comme hypnotisée, elle fixa le trou noir au centre de la pièce métallique braquée sur sa poitrine.

— Qu'est-ce que..., commença-t-elle.

Elle vit encore l'infime tressaillement du pistolet. Mais elle n'entendit rien. Elle était morte lorsque la détonation assourdie atteignit ses oreilles, morte lorsque son buste tressauta sous l'impact d'un deuxième et d'un troisième projectile. Elle retomba sur le lit et s'immobilisa auprès de l'autre cadavre.

Le chef de bande se tourna vers celui qui surveillait la fenêtre :

— Toi, tu restes ici pour le cas où il se pointerait.

Puis, d'un geste du menton, il indiqua la porte. Le tueur fourra son arme dans une poche et alla ouvrir. La pâle clarté du couloir pénétra dans la chambre. Le chef éteignit la lampe et les trois hommes sortirent, laissant les morts et leur gardien dans l'obscurité.

Dans le théâtre de Chun Lao, on oubliait le monde extérieur. Le public à demi assoupi se laissait bercer par la musique lancinante du gamelan. Sur l'écran, le bien et le mal continuaient à s'affronter. Ni l'un ni l'autre ne triomphait, sinon c'en était fini de la représentation.

Les marionnettes d'ombres étaient des personnages de fiction par excellence, pourtant une violente secousse ébranla brusquement la salle. Les paupières s'ouvrirent en grand. Un tigre venait de bondir sur un lapin sans défense. Fascinés, les spectateurs regardèrent le fauve croquer lentement sa malheureuse proie. Il n'y avait pas une lueur de pitié dans leurs yeux.

Les assassins descendirent dans la rue. D'un pas nonchalant, ils se dirigèrent vers le cabaret clandestin de Fat Moe, qui n'était plus clandestin depuis presque vingt-quatre heures. Quelques secondes leur suffirent pour pénétrer dans le bâtiment noirci et se rendre maîtres du patron des lieux. Ils lui ficelèrent les mains derrière le dos et le poussèrent dans un monte-charge qui s'ébranla lentement. Arrivés à l'étage, ils l'escortèrent dans une pièce faisant office de bureau et, également, de gymnase pour les clients qui éprouvaient le besoin d'éliminer le gin de dernière qualité que Fat Moe leur faisait absorber depuis des années.

Près d'un punching-ball fixé au plafond, les trois hommes trouvèrent un grand crochet vacant. Soulevant l'imposante masse de Fat Moe, ils le suspendirent par les liens qui lui immobilisaient les poignets. La position était extrêmement douloureuse et, étant donné le poids du personnage, les articulations de ses épaules n'allaient pas tarder à se déboîter.

C'était le silence, excepté les gémissements du gros homme. Mais les trois brutes ne semblaient pas décidées à s'en tenir là. Sans mot dire, deux d'entre elles enfilèrent des coups-de-poing de cuivre et commencèrent à frapper leur victime, lui faisant connaître le sort que le punching-ball avait dû subir un peu plus tôt dans la journée.

Dans la partie bureau de la pièce, leur chef s'était vautré en travers d'un fauteuil de cuir. Les jambes pendant par-dessus l'accoudoir, il caressait son pistolet. Le bureau était également meublé d'une table de travail et d'une chaise. Une grande table de billard marquait la délimitation entre les deux fonctions du vaste local. Lorsque ses acolytes parurent fatigués de ramollir le corps déjà mou du gros Fat Moe, le petit homme leur fit signe de cesser. Il attendit encore que l'obèse ait fini de geindre et soit à même d'entendre ce qu'on lui disait, puis il se leva, traversa le bureau et posa les coudes sur le tapis vert.

— Tu sais qui tu essaies de couvrir, connard ? demanda-t-il. Un mouchard, une ordure qui bave sur ses copains !

— Qui sont aussi *tes* copains, précisa l'un des hommes de main. N'oublie pas que c'est grâce à eux que tu as pu faire tes petites affaires.

— Moi, je pense qu'il aime mieux finir comme Eve, intervint l'autre. A propos, gros tas de merde, tu sais ce qu'on en a fait de la petite pute ?

Il approcha son arme du visage de Moe. Le gros homme cessa de respirer et, les yeux dilatés par la terreur, regarda le tueur presser la détente. Le coup partit, presque sans bruit. Moe ferma les paupières. Lorsqu'il les rouvrit, un sifflement strident lui vrillait les tympans et le punching-ball crevé se balançait près de sa tête.

— Alors ? reprit le chef. Tu veux qu'on te crève comme

ce ballon ? Après ça, il ne restera pas grand-chose à récupérer de ta grosse viande. On pourra t'emmener au cimetière dans un carton à chaussures, Moe.

Eclat de rire des deux autres truands. Des rigoles de sueur sillonnaient les tempes et les joues de Fat Moe. D'une voix sourde, presque inaudible, il haleta :

— Au... théâtre de Chun Lao, chez... chez le Chinetoque...

Le reste se déroula comme dans un rêve. Fat Moe sentit qu'on le décrochait. On le laissa tomber au sol comme un sac de pommes de terre. Il avait envie de vomir. Très loin, comme au fond d'un tunnel, il entendit la voix irréelle du chef :

— Toi, reste ici pour surveiller ce bibendum.

Un instant plus tard, il perçut un claquement métallique et comprit que le monte-charge repartait vers le rez-de-chaussée. Puis il perdit connaissance sans avoir le temps de songer à ce qu'il allait advenir de Noodles.

***

L'établissement de Chun Lao était un peu plus qu'un théâtre. En fait, personne n'ignorait que les spectacles servaient uniquement de façade. L'important se passait à l'étage. D'ailleurs, les amateurs de marionnettes d'ombres du monde entier n'auraient pas suffi à financer les nombreux employés de Chun Lao, presque tous membres de sa famille. Une grande famille, qu'il fallait bien nourrir. Chun Lao ne s'inquiétait pas de savoir que tout le monde, y compris la police, était au courant de ses activités. Chaque semaine, il payait rubis sur l'ongle la redevance qui assurait sa sécurité.

Un âcre fumet d'urine imprégnait l'atmosphère du vieux théâtre. Les sièges étaient éventrés, tachés, poisseux. Au fond de la salle trônait un immense Bouddha à la peinture écaillée. Antique, impavide, pleinement conscient de la fragilité et de la turpitude du genre humain, il donnait l'impression de surveiller les représentations et le public. Il devait également être conscient de ce qui se faisait en coulisse ou, plus exactement, au-dessus de la scène car les statues de Bouddha possèdent non seulement des yeux mais un nez. Malgré le relent d'urine, des effluves douceâtres s'insinuaient de temps à autre par un escalier dérobé. Une personne avertie — un officier de police, par exemple — aurait immédiatement reconnu l'odeur de l'opium.

Le petit escalier conduisait à un palier sur lequel s'alignaient plusieurs portes fermées. Au bas des marches siégeait une vieille Chinoise à la peau ridée. Minuscule, elle avait tout juste la taille d'une petite fille. Elle était assise, le buste droit, presque raide, et pourtant, elle semblait apathique, indifférente à ce qui se passait dans la salle ou dans les pièces de l'étage. Seuls ses yeux, luisant dans la pénombre tandis qu'elle surveillait son domaine, démentaient cette impression.

Des pas feutrés se firent entendre dans son dos. Elle se retourna. Un homme aux cheveux tirés et tressés sur la nuque en une natte graisseuse s'engageait dans l'escalier. Il portait un plateau chargé d'une théière et de quelques tasses. En haut des marches, il fit volte-face et interrogea la femme d'un regard muet. Celle-ci examina soigneusement l'assistance puis répondit d'un signe de tête imperceptible. L'homme fit coulisser un panneau entre deux portes et disparut. Aussitôt, l'ouverture secrète se referma derrière lui. La vieille Chinoise reprit son air apathique et sa garde vigilante.

Une atmosphère enfumée régnait dans la pièce au plafond bas éclairée par la lumière vacillante d'antiques lampes à gaz. L'homme louvoya entre les paillasses, coussins, matelas miteux et couchettes délabrées qui jonchaient le sol. Le contour des corps moulé dans la literie douteuse donnait l'impression que les clients étaient là depuis longtemps. Certains dormaient. D'autres tiraient sur de longues pipes de bambou, aspirant la fumée jusqu'au fin fond de leurs poumons. D'autres encore avaient les yeux vides, fixés sur l'infini. Leur regard était tourné vers l'intérieur et les visions qui dansaient dans leur esprit colonisé par les vapeurs stupéfiantes.

Riches aux mains manucurées, vêtus de smokings, pauvres en haillons, jeunes, vieux, tous étaient amollis par la drogue, égaux dans leur abjecte dépendance. Quelques femmes âgées, couvertes de bijoux et fardées à outrance, essayaient de retrouver un passé qu'elles n'avaient jamais vécu. Il y avait une seule femme jeune, défraîchie avant l'heure, le visage ravagé. Sa chevelure était une broussaille inextricable qui n'avait sans doute pas été coiffée depuis plusieurs jours.

Chacun cherchait la fuite, l'euphorie, et ne les trouvait que l'espace d'un instant fugace.

Une femme vaquait discrètement d'une couche à l'autre, semblable à une infirmière empressée. Ici, elle ravivait la flamme mourante d'une lampe à opium. Là, elle vidait les cendres grises d'une pipe éteinte et en bourrait une autre. Personne ne remarquait sa présence silencieuse mais elle ne s'en offusquait pas et remplissait consciencieusement son rôle effacé.

Elle s'approcha d'un jeune homme qui avait laissé échapper sa pipe. Elle s'agenouilla près de lui et, délicatement, la lui replaça entre les dents. Une main se posa sur son épaule. Elle tourna la tête. L'Asiatique qui venait d'entrer avec le plateau lui fit signe de s'écarter et s'agenouilla à sa place.

— Noodles, chuchota-t-il. Noodles...

Le jeune homme entendit son nom, prononcé par une voix sourde dans un univers lointain. Mais il n'avait cure des messages transmis par son cerveau embrumé. Dans le moment, il ne désirait qu'une chose, oublier ses tourments. Cette rémission, seule la pipe qu'on venait de lui rendre pouvait la lui apporter. Il tira une longue bouffée et, lentement, s'emplit les poumons de fumée apaisante. Il sentit quelque chose dans son autre main. D'un geste gauche, il approcha cette chose de son visage et la regarda d'un œil vitreux. Du papier, une feuille de journal, des mots, des gros titres imprimés en caractères gras... Il ne voyait que des formes troubles, indistinctes. Son regard refusait de dissiper le flou mais Noodles connaissait ces mots, il les connaissait par cœur. Il y avait aussi des sons... des sons douloureux qu'il ne voulait pas entendre, la sonnerie du téléphone, des hurlements de pneus, des coups de feu, des cris, le bruit mat des corps tombant sur le sol... le téléphone... il fallait faire taire cette sonnerie avant qu'il ne soit trop tard.

Il se redressa brusquement, comme terrorisé, et agrippa le vêtement de soie de l'Asiatique. Avec des gestes de père cherchant à calmer une frayeur d'enfant, l'homme le réinstalla sur sa couchette. Encore le téléphone. Il l'entendait sonner... Et lorsque les tintements cesseraient, Noodles serait perdu, maudit à jamais...

Hagard, il regarda la mèche de la lampe. La flamme diabolique semblait vouloir lui lécher le visage. Il sentait sa chaleur malveillante. Finalement, la sonnerie s'arrêta. Mais les visions, elles, ne voulaient pas s'arrêter.

Les réverbères, l'asphalte luisant... Il pleuvait ou il avait plu. Les rues étaient mouillées, miroitantes, laquées. Il faisait froid. L'aube pointait tout juste, une aube d'hiver. Hier, ce n'était qu'hier. Il voyait la scène, entendait les bruits. Il était en dehors, simple badaud parmi la foule de curieux rassemblée par une soif morbide. Mais il n'était pas comme eux parce que...

Des parapluies... noirs comme pour un enterrement. Il avait peur de regarder. Il ne voulait pas. Et puis, finalement, il s'était forcé. Il avait vu.

La mort... Il la connaissait. Mais cette fois, c'était différent. Il la touchait. Il sentait son odeur. Il en avait même le goût dans la bouche, un goût aigre comme une bile corrosive qui lui dévorait la gorge et lui donnait envie de vomir. La pipe... Il lui fallait la pipe pour apaiser ses entrailles en feu. La fumée âcre lui brûla les bronches mais ensuite, elle se répandit dans ses poumons et la douleur se dissipa. Il se détendit mais les images étaient toujours là...

Une fumée suffocante. Le squelette d'un camion carbonisé, criblé de balles, gisant sur le flanc comme une baleine échouée au milieu de la chaussée. Des voitures partout. Un véhicule de pompiers. Des policiers qui couraient en tous sens en poussant des cris et des jurons. Les yeux de Noodles trouvèrent ce qu'ils cherchaient : les cadavres qu'il ne voulait pas voir.

Celui du chauffeur n'était plus qu'une momie calcinée. Une partie du corps pendait par la portière mais il avait encore les mains soudées au volant. A quelques pas, parmi des débris de caisses et de bouteilles, il y avait deux autres morts. L'un d'eux était méconnaissable. Il n'avait plus de visage. Prenant soin de ne pas mettre les pieds dans les flaques de sang, des policiers leur fixaient des fiches aux chevilles à l'aide de fil de fer souple. Inutile d'approcher, inutile de lire les fiches, Noodles savait ce qui y était inscrit. Pourtant, il approcha en jouant des coudes entre les témoins muets, pétrifiés par l'horreur de ce qu'ils voyaient.

Noodles savait déjà ce qu'il allait découvrir mais, poussé par une force irrésistible, il se pencha et lut les fiches.

Patrick Goldberg, c'était Patsy. *Philip Stein...* Il lui fallut quelques secondes pour se souvenir. Il y avait des années que personne ne l'appelait plus par son nom. Ça, c'était Cockeye. Et le dernier, dont le visage n'était qu'une bouillie sanglante, *Maximilian Bercovicz,* Max, son vieux copain, son meilleur ami... Un voile de larmes lui brouilla la vue. Bouleversé, écœuré, Noodles détourna la tête, inconscient des regards intrigués qui se posaient sur lui. Une sirène se mit à hurler. Des hommes indifférents jetèrent des draps blancs sur les cadavres. Non, ce n'était pas une sirène, c'était le téléphone qui sonnait en permanence dans ses oreilles...

Il voyait un cercueil, un petit cercueil noir, posé sur une table.

Ce n'était pas une personne que l'on enterrait, c'était une époque. La Prohibition était morte et ils fêtaient l'événement. Insensé ! C'était grâce à elle qu'ils étaient tous devenus riches.

Le cercueil était un gros gâteau de chocolat orné d'un ruban de sucre sur lequel on pouvait lire : « Prohibition ».

En tablier blanc, coiffé d'une toque de chef cuisinier, Fat Moe découpait des parts qu'il distribuait à la ronde. Le faux cercueil était entouré de quatre cierges collés sur des magnums de champagne. Des serveurs, armés de couteaux à viande grands comme des machettes, décapitèrent les bouchons. Les cierges sautèrent en l'air, la mousse jaillit, aspergeant la table et le cercueil de pâtisserie.

Le cabaret était bourré de messieurs en smoking et chemise empesée et de dames en robes du soir. Les doigts étaient chargés de diamants. La clientèle respirait l'opulence. L'ambiance était à la fête. Tout le monde était ivre. Tout le monde poussait de joyeuses exclamations. Tout le monde riait. Tout le monde, sauf un jeune homme assis devant le bar circulaire qui occupait le centre de la salle. Le visage de cire, Noodles paraissait plongé dans des préoccupations totalement incompatibles avec l'hilarité qui régnait dans le cabaret.

Eve l'observait. Elle aussi paraissait soucieuse. Les musiciens noirs étaient déchaînés. Les oreilles pleines de jazz, elle marquait inconsciemment le tempo en battant du pied. Elle avait envie que Noodles la fasse danser, l'enlace, la serre tout contre lui, et lui parle de ses problèmes.

— Tu m'invites ?

Noodles ne répondit pas. Il se contenta de secouer la tête. Son œil anxieux semblait aimanté par quelque chose, à l'autre bout de la pièce.

Eve suivit son regard. Incompréhensible : c'étaient Patsy et Cockeye qui l'hypnotisaient ainsi.

Mais quelle mouche avait donc piqué Noodles ? Ses deux amis avaient l'air très à l'aise. Ils s'amusaient sans retenue, riant de tout, et surtout de rien, car Eve ne voyait pas ce que la fin de la Prohibition pouvait avoir de si drôle.

Elle reporta son attention sur Noodles et nota que son regard obliquait à gauche, vers Max et Carol, accrochée à son bras. De sa main libre, Max leva son verre dans leur direction. Noodles répondit. Ils burent. Max, joyeux, vida son verre presque d'un trait. Noodles trempa à peine les lèvres dans son champagne. Eve lui parla mais, visiblement, il n'écoutait pas, il était ailleurs. Elle tendit la main vers lui. Il la repoussa, sauta au bas de son tabouret et s'éloigna à grands pas comme un homme qui vient de prendre une décision.

Et il venait d'en prendre une : aller au téléphone, faire cesser la sonnerie, ou...

Max le suivit des yeux, essaya d'attirer son attention mais, sans dévier, la tête droite, Noodles se dirigea vers la porte du bureau. Il passa sans le voir devant Cockeye, entouré de quatre filles qui rivalisaient d'audace, chacune cherchant à supplanter les autres en exhibant la plus grande partie possible de son anatomie. En chemin, il buta contre Patsy qui dansait avec une grosse fille. Toujours sans regarder, Noodles sut que c'était Peggy. Encore une amie de longue date, de très longue date, qui allait lui en vouloir à mort...

Il entra dans le bureau et claqua la porte pour se couper du brouhaha de la fête et du regard réprobateur de ses amis. Ses yeux se posèrent sur le téléphone. Pourquoi sonnait-il déjà ? Il n'avait pas encore demandé son numéro et, pourtant, il entendait sonner... Sans intervention de son cerveau, comme mues par une volonté propre, ses mains passèrent à l'action. L'une d'elles décrocha le combiné et le porta à son oreille tandis que l'autre composait le numéro sur le cadran. Il entendit la sonnerie. Maintenant, c'était normal, le numéro était fait et cela sonnait à l'autre bout, dans le poste de police... Sa main tremblait. Il fallait raccrocher avant qu'il ne soit trop tard, faire taire cette sonnerie, s'enfuir et s'en tenir là ! Car il voyait leurs corps, l'opium n'y faisait plus rien...

— Sergent Halloran, circonscription 23. Veuillez énoncer l'objet de votre appel...

Tout s'arrêta. La pipe à la main, Noodles émergea de son mirage. Près de lui, un Chinois essayait de dire quelque chose.

Ce n'étaient pas ces paroles-là qu'il voulait entendre. Il voulait entendre que tout cela n'était qu'un rêve, qu'il n'avait rien à craindre.

Mais, maintenant, son corps et son cerveau étaient sortis de leur stupeur. Ce n'était pas un rêve et Noodles savait, au contraire, qu'il avait tout à craindre...

CHAPITRE II

Le petit truand râblé et son comparse, poussèrent une porte de service. Ils se dépêchaient, maintenant. Le gibier était éventé et il fallait le prendre vite, sans lui laisser le temps de déserter son refuge. Et puis ils avaient hâte d'en finir et de rentrer, satisfaits d'eux-mêmes, en se disant qu'une fois de plus, l'ordre établi n'aurait pas été bouleversé impunément.

A l'intérieur du théâtre, ils commencèrent par passer l'assistance en revue puis tournèrent leurs regards au-delà de l'écran, vers l'escalier dérobé conduisant à celui qu'ils cherchaient. Pas un spectateur n'avait remarqué leur entrée discrète. Mais les yeux de la vieille Chinoise ne rataient jamais rien. Elle les repéra aussitôt. Calée contre le dossier de sa chaise, elle les observait en faisant semblant de sommeiller. Elle les connaissait et savait quel danger ils représentaient, mais elle attendit sans esquisser un geste. Ils avaient toute la salle à traverser avant d'atteindre l'escalier. Cela leur prendrait du temps. En cours de route, ils allaient échapper à sa surveillance. Cela voulait dire qu'elle aussi allait sortir de leur champ de vision et c'est ce moment qu'elle comptait mettre à profit pour grimper vivement l'escalier et donner l'alerte.

Serpentant entre les sièges du dernier rang, les tueurs se heurtèrent à deux spectateurs noués dans une fougueuse étreinte, les seuls qu'ils n'avaient pas remarqués en survolant le public. Le chef les sépara d'un geste brutal tandis que l'autre allumait son briquet pour les dévisager. La flamme éclaira une femme dans la quarantaine, trop maquillée et couverte de colifichets. Son partenaire était un jeune homme d'une vingtaine d'années, vêtu d'oripeaux sales et misérables. Le truand étouffa un juron, éteignit son briquet et les deux hommes reprirent leur progression.

Le godelureau miteux se leva. Il ne voulait pas perdre la face devant celle qui le payait pour l'embrasser maintenant et lui accorder d'autres faveurs tout à l'heure. Pensant l'impressionner, il retint le chef par la manche. Le petit homme râblé se dégagea mais l'autre insistait. Le truand tira alors un pistolet de sa poche et le colla paisiblement sous le nez du galant. Terrorisé, le jeune homme se réfugia entre les bras de la femme auprès de qui il monnayait ses bons offices. Lorsque les tueurs gagnèrent l'allée et repartirent vers le fond du théâtre, la Chinoise s'était éclipsée. Ils l'ignoraient encore mais l'anicroche leur avait fait perdre un peu trop de temps.

***

Dans la pièce du haut, une porte de secours s'ouvrait sur un escalier d'incendie. Empoignant Noodles sous les bras, le serveur et la femme qui surveillait la fumerie le traînèrent vers cette issue providentielle.

— Allez, Noodles, dépêche-toi ! murmura l'homme d'une voix pressante. Ils seront ici dans une minute. Il faut que tu décampes avant ! Descends Mott Street et ensuite disparais dans Pell. Tu pourras te cacher dans la ruelle.

Il le poussa à l'extérieur, referma précipitamment la porte et la dissimula en tirant un rideau. Notant avec satisfaction que la vieille femme avait déjà quitté les lieux, il s'approcha d'une table et prit une tasse de thé.

Noodles avait obtenu un arrangement sur le montant de la redevance payée par Chun Lao pour sa « protection ». Ils avaient fait ce qu'ils avaient à faire et maintenant, ils étaient quittes. Grâce à eux, Noodles était en sécurité. Peut-être pas, d'ailleurs, mais ce n'était plus leur problème. L'honneur était sauf et la dette réglée. Chun Lao serait content de l'apprendre, s'il ne le savait déjà.

Noodles sentit l'air nocturne lui gifler le visage. Il cligna les paupières et secoua la tête, comme pour s'ébrouer. Le téléphone avait cessé de sonner. Maintenant, il n'entendait plus que des bruits, des bruits confus qui montaient de la rue. Il regarda les marches métalliques qui plongeaient dans le noir comme dans un gouffre sans fond. Accroché à la rampe, il avança prudemment un pied et tâta la première marche, tel un baigneur tâtant l'eau avant de se lancer pour de bon. Puis il descendit. Il progressait depuis un moment lorsque sa vue se brouilla à nouveau. Il perdit l'équilibre et, presque sans bruit, dégringola les derniers échelons.

Etendu au pied de l'escalier, il attendit que sa vue s'éclaircisse, que sa respiration reprenne un rythme normal et, surtout, que son cœur cesse de cogner au point de couvrir tous les autres bruits. Puis, laborieusement, il se releva et partit dans la nuit. Les brumes qui lui envahissaient l'esprit se dissipaient et, peu à peu, il comprit que la mort le guettait, qu'il n'avait qu'une chance sur un million. Une chance ridicule. Fat Moe... Il fallait aller chez Fat Moe, prendre la clef, récupérer l'argent, filer...

Un avis de deuil fut la première chose qu'il vit en tournant le coin de la rue. Il était totalement éveillé, maintenant, et avait retrouvé presque toutes ses forces. Son esprit fonctionnait. Il était sur ses gardes, prêt à faire face en cas de coup dur. Pourtant, il s'arrêta devant l'inscription. Oui, ils étaient tous en deuil... Et, pour autant que ce genre de chose puisse se mesurer, Fat Moe et lui-même l'étaient plus que quiconque. Le panneau était accroché au volet de fer de la *delicatessen* de son enfance. Mais les années avaient passé et les choses avaient changé. La *delicatessen* était devenue un cabaret clandestin avec un bureau qui servait de lieu de rendez-vous aux truands. « Chez Fat Moe », anciennement « Chez Gelly », avait été un refuge pour eux. Non, plus qu'un refuge, un bercail.

Le temps était à la neige, la bise mordante. C'était une bonne chose, cela le requinquait et le forçait à se préoccuper de sa survie. Partout alentour traînaient les vestiges de la nuit précédente : pancartes, banderoles célébrant l'abrogation de la loi Volstead, bouteilles vides entières ou en miettes, confettis, serpentins, flaques de vomissures. Il y avait aussi des corps. Mais pas comme dans son cauchemar. Des corps vivants d'ivrognes endormis, assommés par l'alcool.

Il s'arrêta devant l'entrée principale puis se ravisa, retourna sur ses pas et s'engagea dans la ruelle qui courait le long du bâtiment. Un coup d'œil à droite puis à gauche pour s'assurer que personne ne l'épiait, et il sortit une clef de sa poche. Après l'avoir introduite dans la serrure, Noodles se ravisa à nouveau. Laissant là sa clef, il continua dans la pénombre jusqu'à la construction mitoyenne. Une porte se découpait sous les marches de l'escalier extérieur. Il l'ouvrit et pénétra furtivement dans un petit vestibule.

C'était le point de départ du monte-charge. Il s'approcha de la porte coulissante, qui était fermée, et regarda dans la cage. La plate-forme se trouvait en haut. Noodles actionna une commande, attendit le cliquetis indiquant que le moteur se mettait en route, puis ressortit et courut à la porte où il avait laissé sa clef. Il ouvrit silencieusement et, à pas feutrés, s'engagea dans l'escalier.

***

A quelques pas de l'homme de faction gisait un gros tas flasque : Fat Moe. Il avait essayé de bouger à deux ou trois reprises mais la douleur était trop grande et il s'était résigné à rester sur le sol, à l'endroit où ses tortionnaires l'avaient laissé choir après le passage à tabac.

Eveillé par le déclenchement du monte-charge, le garde dégaina un pistolet qu'il colla sur la joue de Moe. Puis, empoignant le gros homme par le col, il le traîna vers la porte grillagée. D'un geste éloquent de son arme, il lui fit comprendre qu'à la moindre manifestation, c'en était fini de lui. Docilement, Moe hocha une tête douloureuse.

Tendus, ils observaient la cage du monte-charge. Les grincements de l'appareil couvraient le bruit de leur respiration. Ils couvraient aussi le glissement discret d'un râtelier à queues de billard qui pivotait dans la salle, démasquant l'accès d'un passage secret. Quelques secondes plus tard, une silhouette s'encadra dans l'ouverture.

Le monte-charge s'arrêta avec un claquement de ferraille.

Chacun pour des raisons différentes, Fat Moe et son cerbère poussèrent un soupir de soulagement. Fausse alerte, la plate-forme s'était immobilisée à l'étage supérieur. Le gangster abaissa son arme. Au même instant, un éclair jaillit dans la pénombre et Fat Moe vit un trou se former dans la tête de son gardien. Le petit orifice resta noir pendant une fraction de seconde puis il se mit à vomir du sang et le truand s'écroula. Fat Moe laissa échapper un cri, tourna la tête vers la salle et hurla à nouveau.

— Noodles !

Sans un mot, Noodles rangea son arme dans une poche de sa veste et entra dans la pièce. Fat Moe le regardait avancer, l'œil hagard.

— Tu... tu t'en es sorti ? finit-il par balbutier.

— Oui, mais de justesse. Qu'est-ce qui s'est passé ?

Le gros homme se tortilla maladroitement puis présenta ses poignets.

— Délivre-moi, demanda-t-il.

— Ça ne me paraît pas très indiqué, répondit Noodles en montrant le cadavre. Tu ferais mieux de rester comme ça. Tu as envie qu'ils pensent que c'est toi ?

— Non, tu as raison.

— Evidemment. Dis donc, gros, j'ai l'impression qu'ils t'ont joliment arrangé.

— Tu peux pas imaginer. J'en ai bavé, Noodles. Ça a été très dur... Je... je ne voulais rien leur dire, tu sais, mais ils étaient prêts à me tuer...

— Ça va, Moe, parlons d'autre chose. Maintenant, il faut que je me tire en vitesse. Tu piges ?

— Je pige. La pendule.

Une grande horloge se dressait devant le mur à l'autre bout de la pièce. Noodles y alla, ouvrit la porte vitrée, glissa la main à l'intérieur et en sortit la clef qui servait à remonter le mécanisme. Une autre clef, plus petite, y était attachée à l'aide d'une ficelle. Il empocha le tout, ferma l'horloge et gagna la sortie, enjambant Fat Moe et le mort.

— Hé ! Où vas-tu ? lança Fat Moe, la voix chargée d'angoisse.

— D'abord, récupérer Eve. Après, je ne sais pas.

— Non ! N'y va pas ! Ils... ils y ont été. Ils l'ont...

— Ouais, fit Noodles d'une voix blanche. J'aurais dû m'en douter. C'est par elle qu'ils ont commencé...

Il poussa le bouton d'appel du monte-charge.

— Noodles... Si tu as besoin de quoi que ce soit... De l'argent, par exemple...

Noodles tira les clefs de sa poche et les agita dans les airs avec un petit rire. Un rire sans joie, sépulcral.

— De l'argent ? Tu plaisantes, ou quoi ? J'en ai à ne plus savoir quoi en faire.

— Oui, bien sûr, dit Fat Moe. Tout est à toi, maintenant. Euh... je me demandais... Est-ce qu'on a des chances de te revoir un jour dans le coin ?

— Ça... Peut-être dans quelques années, peut-être jamais. Je vais être obligé de me balader un brin.

Le monte-charge arriva. Noodles appuyait sur le bouton de descente lorsque Fat Moe demanda d'un ton pitoyable :

— Dis, pourquoi tu as fait ça ?

Le monte-charge partit. Noodles disparut. Un moment plus tard, Fat Moe crut entendre crier :

— Qu'est-ce que j'ai fait ?

A l'exception de quelques vagabonds couchés sur les bancs de bois inconfortables, la gare était déserte. Les guichets étaient fermés, sauf celui des billets derrière lequel ronflait un employé. Les pas de Noodles claquaient sur le sol de marbre. Il se dirigea vers un renfoncement où s'alignaient des compartiments de consigne automatique. Tirant de sa poche la petite clef récupérée dans l'horloge de Fat Moe, il ouvrit une porte et sortit une valise d'osier très abîmée. Il la prit, repartit puis, soudain, s'arrêta, comme sous le coup d'une intuition. Actionnant la fermeture de la vieille valise, il souleva le couvercle de quelques centimètres. Il blêmit. Des journaux froissés et des vieux chiffons étaient bourrés dans la valise. Noodles ouvrit un peu plus et se mit à fouiller, cherchant visiblement autre chose. Puis il s'arrêta. Inutile d'insister, l'évidence était là. Ils s'étaient fait rouler dans la farine. Lui et les autres. Tout cela, toutes ces années, pour rien ! Mais qui avait pu faire un coup pareil ? Il ne le saurait jamais. Pourtant... Il n'en connaissait qu'un capable d'être assez culotté, et assez dingue pour ça. Mais c'était impossible. Noodles repéra une grande poubelle, y jeta la valise et, rentrant la tête dans les épaules, sortit sur le quai.

Les quais abandonnés étaient presque sinistres. C'était l'heure blafarde, juste avant le point du jour. Plus de la moitié des voies étaient occupées par des wagons vides et des Pullman encore sales de leur dernier voyage. Un seul train était éclairé. Il partait dans quelques minutes. Pour quelle destination ? Noodles ne regarda pas. Il s'en moquait éperdûment. Les yeux injectés, les joues râpeuses de barbe naissante, le visage bouffi, il semblait aussi lugubre et désolé que les quais déserts. Il rentra dans le hall, éveilla l'employé et acheta un billet.

Puis il ressortit sur le quai, serra sa gabardine sur ses vêtements froissés et releva le col pour se protéger de l'air humide et froid. Un vieux porteur noir en blouse blanche se tenait près de lui. La tête à la portière, le contrôleur balayait le quai du regard. Noodles attendit la dernière seconde. La tête du contrôleur disparut à l'intérieur de la voiture, le porteur monta dans le fourgon. Noodles grimpa à bord au moment où le train s'ébranlait. Il attendit encore un instant. Le contrôleur vint fermer la porte. Finalement, Noodles s'engagea dans le wagon éclairé par une lumière jaune pâle.

Il ne jeta même pas un regard derrière lui.

CHAPITRE III

1968

Ça aurait pu être le même wagon, la même poussière. Une chose était sûre : c'était la même gare. Et probablement la même voie.

Il devait y avoir eu du changement de près de trente-cinq ans. Pourtant, au cours de ce long voyage à travers le pays, il avait noté avec étonnement que bien des choses étaient restées les mêmes. Pendant tout le trajet, fermes de jadis, villes noires et sinistres avaient défilé derrière la vitre. Finalement, les choses n'étaient pas si différentes que ça. Elles avaient vieilli mais pas vraiment changé.

Le pays avait connu des jours meilleurs. Lui aussi. Son wagon n'était plus de toute première jeunesse. Extérieurement, il était usé et défraîchi. Lui aussi. Tout paraissait un peu fané, un feu fatigué.

Pour le moment, il était plutôt déçu. Il s'était attendu à trouver beaucoup plus de différence. Mais New York avait dû changer. Il avait vu des photos dans les journaux, des images à la télé. Maintenant, ce n'était plus qu'immenses gratte-ciel : des cages à poules de verre et de granit. Il se demanda si son vieux quartier avait été rasé pour faire place à un nouveau décor plus riche, somptueux et irréel.

« Tout sera oublié, songea-t-il. De l'histoire ancienne. Même ceux qui pourraient encore se rappeler auront mis leurs souvenirs aux oubliettes. Tous sauf un. » Pourquoi revenait-il alors ? C'était une bonne question. Il se souvint du vieux rabbin qui lui enseignait le *Talmud* lorsqu'il était enfant : « Il n'y a que des questions, David, des questions, jamais de réponse. »

C'était drôle, plus il vieillissait et plus il avait de facilité à se rappeler le passé. Il en avait vu de toutes les couleurs. Surtout à la fin. Mais c'était une époque révolue. Pourtant, aujourd'hui, il revenait. Non, il était là. Dans la gare de jadis.

Le hall avait les mêmes échos caverneux. Il regarda autour de lui. Il y avait plus de monde qu'au moment de son départ. C'était mieux éclairé. Les guichets étaient un peu différents. Les stands d'informations avaient changé. Mais c'étaient les mêmes vieux bancs, la même odeur. Mêmes pickpockets, même vagabonds, mêmes vicieux, mêmes flics. La faune habituelle.

Dehors, la ville était bruyante. Les taxis avaient changé. Les bus étaient neufs. Mais pour le reste, tant qu'il ne regardait pas en l'air, tout semblait être resté comme dans son souvenir. Il s'emplit les poumons d'air. C'était bon. Il se sentait chez lui.

Il appela un taxi. En ouvrant la portière, il se demanda une nouvelle fois pourquoi il était revenu. Pourquoi... Pour trouver des réponses. Ou, plus exactement, *la* réponse. Il rit intérieurement. Quelle allait être cette réponse ? Encore une bonne question. Des questions, encore des questions... Il repensa au vieux rabbin et, logiquement, décida que sa première visite serait pour la synagogue.

***

Son regard fut attiré par une énorme grue. L'engin souleva une pierre tombale de granit, la berça un instant en douceur, comme un enfant dont on veut ménager le sommeil, puis la déposa dans la benne d'un camion. Le cimetière voisin de la synagogue avait été délogé pour laisser la place à de nouveaux immeubles. Qu'était devenu son quartier d'autrefois avec ses échopes miteuses, ses immeubles grisâtres, ses gamins toujours en quête d'un larcin, ses vieillards qui clopinaient sans but apparent ? Gommé par le « progrès ».

« Encore des souvenirs, songea-t-il. C'est tout ce qui me reste. Des souvenirs du bon vieux temps. La preuve que j'ai vieilli, que je suis un homme du passé. Et de nulle part. »

Il glissa la main dans sa poche intérieure pour vérifier, une fois de plus, que la lettre était là. Elle y était, attestant que quelqu'un au moins ne l'avait pas oublié. Quelqu'un avait su le retrouver. Voilà pourquoi il était venu. Impossible de continuer ce jeu de cache-cache puisqu'on lui avait adressé cette lettre. Quelqu'un savait. Maintenant, il n'était pas plus en sécurité là-bas qu'ici. Et ici, au moins, il pourrait peut-être découvrir ce qui s'était passé. Enfin dormir tranquille, mourir tranquille. Car il n'avait plus peur et ça, c'était énorme.

Il jeta un dernier regard sur l'enfilade de la rue, le cimetière et, finalement, dirigea ses pas vers la synagogue en espérant que les murs n'allaient pas s'écrouler d'émotion à son approche. Il n'avait pas mis les pieds dans un lieu de culte depuis le jour de sa bar-mitzvah, ce qui remontait à... Non, il préférait ne pas calculer.

Un jeune homme vêtu de noir sortit sur le parvis ensoleillé et manqua le bousculer. Noodles l'arrêta en lui touchant le bras.

— Excusez-moi, dit-il. Etes-vous le rabbin ?

— C'est moi, en effet. Que puis-je pour vous ?

— Voilà. J'ai reçu cette lettre il y a quelque temps. C'est au sujet du cimetière.

— Je peux ? s'enquit le jeune rabbin en prenant l'enveloppe que lui tendait Noodles.

Noodles acquiesça d'un signe de tête. D'une main fine et allongée aux gestes harmonieux, le rabbin ouvrit l'enveloppe et déplia la lettre qu'il parcourut rapidement.

— C'est l'avis que nous avons envoyé concernant le déplacement des sépultures, observa-t-il, l'air étonné.

Puis, comme s'il venait de songer que le souvenir des défunts pouvait être douloureux pour son interlocuteur, il enchaîna à voix basse :

— Voulez-vous me suivre ?

Noodles lui emboîta le pas. Le jeune homme ouvrit une porte latérale et ils entrèrent dans un local désordonné, encombré d'armoires métalliques. Sur un mur, une affiche montrait un grand pan de ciel bleu cobalt sur lequel se découpait un oranger. La légende indiquait qu'il était possible de commencer une vie nouvelle dans ce beau pays : Israël.

Le rabbin relut la lettre plus attentivement.

— Malheureusement, fit-il remarquer, vous arrivez un

peu tard. Comme vous avez pu le voir au paragraphe deux, nous invitions les familles à se manifester dans un délai précis et la date limite est dépassée depuis longtemps. Les cercueils restés en souffrance ont été transférés dans le Bronx. Quand avez-vous reçu cette lettre ?

— Il y a une semaine. Dix jours, peut-être. Je suis venu au plus vite.

— Je ne comprends pas. Nous avons fait ces lettres il y a plus de six mois. Voyez la date vous-même. Si vous me permettez, je vais procéder à une petite vérification. Il s'agit uniquement des trois noms soulignés ici ?

— Uniquement, oui, répondit Noodles.

Le rabbin se tourna vers l'une des armoires métalliques, ouvrit un tiroir et feuilleta une série de fiches.

— Voyons cela..., marmonna-t-il comme pour lui-même. Maximilian Bercovicz... oui. Patrick Goldberg... oui. (Il jeta un coup d'œil à la lettre pour vérifier le dernier nom.) Philip Stein... oui, le voici. C'est tout à fait étrange, reprit-il d'un ton normal en levant les yeux vers Noodles, ces trois défunts n'ont pas été transférés dans le Bronx. Une personne les a fait inhumer dans un nouveau caveau à Riverdale.

Se trompant sur l'expression médusée de Noodles, il s'empressa d'ajouter :

— Mais c'est un cimetière superbe, avec un grand parc, bien tenu, propre, aéré. Le quartier est très agréable, même pour les vivants.

Regrettant aussitôt la frivolité de ses propos, il fronça les sourcils et demanda gravement :

— Vous êtes un parent ?

— Non, répondit Noodles.

Le rabbin plissa les paupières.

— De plus en plus curieux. Nous n'avons envoyé ces lettres qu'aux parents. Enfin, à ceux qui étaient encore en vie et habitaient la région. En cas de déménagement, nous n'avons contacté que les personnes qui avaient laissé une adresse. Nous n'avions pas les moyens de faire des recherches plus approfondies. Et vous êtes monsieur... ?

Noodles le regarda bien en face.

— Williams, dit-il. Robert Williams.

Le rabbin considéra l'enveloppe, le patronyme du destinataire, puis remarqua, intrigué :

— Williams... Ce n'est pas un nom très courant dans la communauté juive.

Il prit un registre posé sur le haut de l'armoire, l'ouvrit à la lettre W, se mouilla l'index et fit tourner quelques pages.

— C'est bien ce que je pensais, constata-t-il. Nous ne vous avons pas envoyé de lettre.

***

La lueur vacillante d'une enseigne au néon violette se reflétait dans la vitrine. Plusieurs refusaient obstinément de s'allumer. Au-dessus de cette enseigne, le patron avait immortalisé son nom à l'intention du voisinage. Pour les vieux de la vieille, ce nom évoquait la continuité. Pour quelques-uns, il signifiait que les comestibles vendus devaient être, sinon kascher, tout au moins juifs. Mais les nouveaux habitants du quartier connaissaient à peine l'endroit.

L'établissement baptisé « Chez Fat Moe » avait connu bien des changements, et pas simplement dans le nom. A l'origine, c'était une *delicatessen* tenue par le père de Moe. Ensuite, c'était devenu un cabaret clandestin. Maintenant, c'était redevenu une *delicatessen,* une *delicatessen* où l'on vendait également de l'alcool ; ou bien un bar où l'on vendait également des sandwiches au saucisson juif et des pickles. Tout dépendait de l'angle sous lequel on considérait la chose. Moe avait essayé de moderniser les lieux mais la configuration ethnique de la population s'était modifiée, entraînant un déclin dans les affaires, et il n'avait jamais pu terminer ses travaux. Mais son établissement était bien tenu.

Sur la personne de Moe aussi, le temps avait fait son œuvre. Il avait encore pris de l'embonpoint. Ses cheveux étaient clairsemés et grisonnaient. Il avait souvent mal aux pieds, le pas plus lourd et le souffle court. Et, surtout, il commençait à perdre ses dents.

Il restait quelques attardés au bar quand le téléphone mural sonna. Fat Moe hésita, fut tenté de ne pas décrocher, mais sa curiosité eut le dessus. Il ne voulait pas rester dans le doute. Qui sait si on ne l'appelait pas pour l'informer qu'un obscur parent resté au pays venait de lui laisser un gros héritage...

A peine eut-il le récepteur à l'oreille que son visage se figea. De sa manche, il essuya la sueur qui commençait à lui perler au front et, à voix basse, débita une phrase rapide dans l'appareil. Puis il posa le combiné sur la tablette, se précipita vers le bar et annonça qu'il était l'heure de la fermeture. Lorsque le dernier client fut sorti, Moe s'affala sur une chaise.

Quelques instants plus tard, il émergea de son état de choc, leva le bras et raccrocha. Encore à demi paralysé, il déploya un effort considérable et parvint à se lever. Il se traîna jusqu'à la salle, éteignit les lumières intérieures et baissa les volets de fer. Cela fait, il se dirigea vers la porte latérale, celle qui donnait sur la ruelle et servait maintenant pour les livraisons. Il n'avait pas fait la moitié du chemin lorsque le bruit strident de la sonnette lui meurtrit les tympans. Cela ne faisait que confirmer ses soupçons : Noodles l'avait épié. Mais depuis combien de temps ? Quelques minutes ? Une heure ? Une journée ? Plus longtemps encore ?

Blanc comme un linge, il s'approcha de la petite porte, vérifia que la chaîne de sécurité était en place, ouvrit et pointa le nez dans l'entrebâillement. Une tête ridée, vieillie, burinée se révéla à sa vue, une tête qu'il avait pratiquement gommée de ses souvenirs.

— J'apporte la clef de ta pendule.

Le vieux mot de passe ! Aucun doute possible, c'était Noodles, pas un sinistre farceur. Tout en pensant que ce n'était probablement pas la meilleure chose à faire, Fat Moe décrocha la chaîne.

Une valise à la main, Noodles se glissa vivement à l'intérieur, passa devant Moe et, d'un coup d'œil circulaire, s'assura qu'ils étaient bien seuls dans les lieux. Satisfait, il sortit de sa poche deux petites clefs.

Fat Moe était partagé entre la terreur et l'effervescence que faisait naître en lui le retour de Noodles. Il se dépêcha de le rejoindre et se planta devant lui pour le regarder en face.

— Noodles ! Ça alors ! Je me demande si j'ai les yeux en face des trous. J'étais convaincu que tu avais passé l'arme à gauche d'une manière ou d'une autre...

— Hé non ! Et comme ça ne fait pas partie de mes projets immédiats, va donc boucler ta porte.

— Bien sûr, Noodles, bien sûr. J'y vais tout de suite.

Pendant que Fat Moe s'exécutait à grand renfort de claquements de serrure et de bruits de chaîne, Noodles se livra à un examen plus approfondi de l'endroit. C'était bien la même salle, à quelques différences près. Le bar se trouvait à l'ancien emplacement de la cuisine. On avait ajouté une table de billard au tapis vert dévoré par les mites, peut-être celle qui avait jadis trôné dans la salle de l'étage. Les quelques tables étaient ornées de taches circulaires délimitant le contour des verres et des boîtes de bière qu'on y avait posés. Sur les murs, la condensation et les fuites de la tuyauterie avaient laissé des traînées jaunâtres. Visiblement, Fat Moe n'avait guère prospéré depuis le jour de leurs adieux.

Ayant fini de verrouiller, le gros homme lança de l'autre bout de la pièce :

— Quand est-ce que t'es revenu ?

— Aujourd'hui.

— Où est-ce que t'étais ?

Pas de réponse. Fat Moe passa à une autre question :

— Pourquoi t'es revenu ?

— On m'a écrit un mot.

— Hein ! Qui ça ? fit l'obèse en roulant des yeux ahuris.

— Tu n'aurais pas ta petite idée ? demanda Noodles en s'appuyant contre le bar.

— Moi ? Non mais, tu rigoles ! Je suis complètement en dehors de tout ça. Je n'ai même plus un numéro de téléphone, pas une adresse. Tous les vieux d'avant ont disparu de la circulation. Sauf toi, évidemment. Et jusqu'à aujourd'hui, je croyais que t'étais mort. J'étais sûr qu'ils avaient fini par te retrouver ou que t'étais allé crever je ne sais où.

— Bien sûr, bien sûr..., dit Noodles. A vrai dire, je ne pensais pas que ça pouvait être toi. Tu n'aurais pas quelque chose à boire ?

— Mais si, mais si. Gracieusement offert par la maison, et du meilleur. Je te sers ça tout de suite.

Agitant son énorme masse, Fat Moe passa derrière le comptoir et prit un verre qu'il leva sous la lumière pour l'examiner d'un œil critique. Il le frotta énergiquement avec un torchon, le réexamina et, satisfait, le posa devant Noodles. Il choisit ensuite une bouteille et lui versa une généreuse dose de scotch. Pendant qu'il s'affairait, Noodles sortit l'enveloppe de sa poche et la fit glisser sur le comptoir. Saisissant l'enveloppe, Fat Moe demanda :

— Qui c'est ce Robert William ?

— C'est moi, répondit Noodles en s'accoudant au bar.

Suivant les lignes avec l'index, Moe commença à déchiffrer à haute voix :

— *Nous vous informons que, par suite de la cession des terrains occupés par le cimetière de Beth Israel...*

Il s'interrompit et se tourna vers Noodles :

— Hé mais je l'ai reçu, ce truc-là. C'était pour mon père, *alav-ha-shalom,* qu'il repose en paix. T'avais quelqu'un d'enterré là-bas, toi ?

Sans lui laisser le temps d'achever sa laborieuse lecture, Noodles lui reprit la lettre.

— Ce n'est pas la synagogue qui m'a envoyé ça, dit-il.

— Ah bon ! s'étonna Fat Moe. Mais qui alors ?

— Il y avait un post-scriptum séparé avec ma lettre à moi. Je vais te le lire : *Tu as beau te planquer dans le trou du cul de l'univers, on t'a retrouvé, mon cher Noodles. Et on ne t'a pas oublié. Tiens-toi prêt.*

— A quoi ? questionna Fat Moe.

— Ça, ils ne l'ont pas écrit.

— Les noms, reprit Fat Moe. Euh..., tu sais bien, les trois noms qu'il y a là-dedans, c'est toi qui les as soulignés ?

— Non. C'est arrivé comme ça. Exactement comme ça, souligné.

— Je me demande ce que ça peut vouloir dire. Qu'est-ce que t'en penses, Noodles ?

— Ce que j'en pense, gros, c'est que la réponse est ici, pas ailleurs. Voilà pourquoi je suis revenu. Pour la trouver.

Il se tut et ils se regardèrent sans rien dire. Seule l'horloge troublait le silence de son tic-tac imperturbable. Au bout d'un moment, Fat Moe sembla prendre conscience du bruit monotone. Il traversa la salle et alla remonter le mécanisme.

— T'as vu ça ? dit-il presque fièrement. Elle marche encore au quart de poil ! Tu te rends compte, depuis le temps ? J'ai l'impression que mon vieux palpitant ne durera pas aussi longtemps qu'elle...

Noodles ne répondit pas. Il vida son verre puis demanda :

— Tu as de quoi me pieuter ?

Moe haussa les épaules.

— Naturellement, j'habite tout seul ici. Suis-moi, ajouta-t-il en cueillant la valise que Noodles avait posée près de la table.

Une nouvelle fois, Noodles considéra l'état des lieux.

— Tu sais, confia-t-il à Fat Moe, je me suis toujours demandé si tu ne t'étais pas servi dans la cagnotte.

D'un geste circulaire du bras, il désigna leur environnement.

— Maintenant, je suis sûr que non. Les affaires n'ont pas l'air brillantes, hein, gros ?

Fat Moe passa dans le couloir et fit de la lumière.

— Qu'est-ce que tu racontes ? Je pensais que tu avais tout récupéré !

— Tu te gourais, gros. La valise était vide.

Ils entrèrent dans une pièce, celle qui avait été leur bureau. Mais le bon vieux temps était bien loin. Il n'en restait rien.

— Mais alors qui a pris l'oseille ? demanda Fat Moe.

— Ça, c'est la question que je me pose depuis plus de trente ans.

Noodles songea à ce que cette pièce avait été jadis.

Comme s'il avait lu dans ses pensées, Moe expliqua :

— J'ai été obligé de vendre la maison et la salle du fond. Il ne me reste plus que le bar, cette pièce-là est ma piaule. Je peux te la laisser, si tu préfères. Moi, je dormirai ici.

— Non, non, ça ira, dit Noodles. Merci quand même.

Pendant que Fat Moe ouvrait un tiroir pour en sortir deux draps et un oreiller, il fit le tour de la pièce. Et il finit par trouver ce qu'il cherchait : la photo d'une jolie fillette en tenue de danse. Dressée sur les pointes, elle posait, les bras écartés, gracieux comme les ailes d'une libellule.

— Et ta sœur ? questionna-t-il en s'efforçant de garder un ton égal.

— Pas vue depuis des années. Elle a oublié que j'existais. C'est une grande star, tu savais pas ?

Fat Moe commença à préparer le couchage sur un divan.

— Si, si, je savais. Ce qui m'étonne, c'est qu'on ne l'ait pas compris au tout début. Dès les starting-gates, on peut désigner les gagnants... et les perdants. Toi, par exemple, qui aurait parié un bouton de culotte sur toi ?

— Personne, c'est vrai. J'ai toujours été un perdant. Deborah, par contre... Et toi, Noodles. J'aurais parié tout ce que j'avais sur toi.

— Ouais, et tu aurais tout perdu, Moe.

Moe haussa les épaules puis regarda Noodles avec un sourire triste.

— Ton lit est prêt, déclara-t-il. Tu as l'air crevé.

— Pour être crevé, je suis crevé.

— O.K., alors bonne nuit.

— Bonne nuit.

D'un air las, Noodles souleva sa valise et la déposa sur la table. Au moment où il l'ouvrait, il sentit que Moe était toujours dans la pièce. Il attendit, sans mot dire.

— Noodles ? hasarda finalement Moe.

— Ouais ?

— Qu'est-ce que t'as fait pendant tout ce temps-là ?

Lentement, en articulant bien chaque syllabe, Noodles répliqua :

— Je me suis couché de bonne heure tous les soirs.

Lorsque Fat Moe fut sorti, il revint vers la table où se trouvaient les photos. Nombreuses étaient celles où il figurait, parfois seul, parfois avec trois autres jeunes gens du même âge, souriants, heureux, arrogants. Il se revit à la plage, dans une décapotable, aux courses, au cynodrome... Partout, ils étaient souriants, sûrs d'eux-mêmes. Le monde leur appartenait. Mais il n'en avait pas toujours été ainsi. Au début, ils étaient tous voués à être des perdants, comme Fat Moe.

Mon joli petit coquelicot... Les paroles d'une chanson lui revenaient. Elle s'appelait *Amapola*. Il prit la photo de la fillette puis la reposa vivement, sortit de la pièce et entra dans le bar qui avait jadis été une salle de restaurant.

Au moment où il alluma et passa derrière le comptoir en quête d'un verre et d'une bouteille, la musique mélancolique lui caressa les oreilles. Elle semblait provenir d'une porte étroite, à l'autre bout de la salle. Comme transporté par un enchantement, verre et bouteille en main, il se dirigea vers la porte. La musique devint plus forte.
tement, verre et bouteille en main, il se dirigea vers la porte. La musique devint plus forte.

Avant même de l'avoir ouverte, il savait ce qu'il allait trouver derrière cette porte. Certaines choses ne changeaient jamais, la plomberie, par exemple. C'était exactement comme dans son souvenir. Des petits cabinets, un urinoir, un lavabo et, près du plafond, une aération rectangulaire fermée par une grille.

Noodles posa sa bouteille, retourna le verre sur le goulot et grimpa sur le siège des cabinets. En se hissant sur la pointe des pieds, il pouvait voir la pièce voisine par la grille d'aération. La musique augmenta encore.

Amapola, mon joli petit coquelicot... Le phonographe tournait et elle dansait pendant qu'un gamin vêtu de haillons l'observait en cachette d'un œil émerveillé.

Chapitre IV

1925

Elle avait treize ans. Son corps tout en finesse n'était pas encore celui d'une femme. Mais, malgré son sourire doux et mystérieux, quelque chose dans son regard donnait à penser qu'elle en savait plus sur la vie que beaucoup de fillettes de son âge.

La pièce était encombrée de balais, de serpillières, de seaux, de caisses de bouteilles vides. Malgré ce fouillis, elle donnait l'impression d'évoluer au milieu d'un champ de fleurs inondé de soleil. Aux murs, des publicités éclatantes vantaient les mérites de Coca-Cola ou des cigarettes Lucky Strike mais, pour le jeune garçon, rien ne pouvait être plus éclatant que la petite ballerine.

Posé sur une caisse, un phonographe à pavillon diffusait sa musique. *Amapola, mon joli petit coquelicot...* La fillette dansait avec une grâce légère, un peu de gaucherie, parfois. Tout comme sa silhouette, ses mouvements n'avaient pas encore acquis le panache de la maturité. Mais elle dégageait une sensation d'abandon total et de force. La force de se savoir pleine de talent, la force aussi de se savoir admirée à chaque instant. Car elle savait que, derrière la grille d'aération, des yeux éblouis étaient braqués sur elle.

Elle connaissait bien son public et la fascination qu'elle exerçait lui donnait une incroyable sensation de puissance. Cependant, le visage éclairé par un sourire de scène, le regard concentré, elle ne laissait rien voir du plaisir qu'elle éprouvait. Et le petit voyeur de quatorze ans ne se rendait compte de rien.

David Aaronson n'était pas assez grand pour voir simplement en montant sur le siège des toilettes. Il y avait donc placé une caisse, sur laquelle il s'était perché dans un équilibre précaire. Chaque fois qu'elle approchait de la grille, tête droite, reins cambrés, il se baissait vivement de peur de se faire repérer. Puis, n'entendant pas d'exclamation scandalisée, il reprenait sa position et regardait avec un mélange d'étonnement, d'admiration et de lubricité enfantine.

Un jour, son extase fut brutalement interrompue par l'irruption d'un gros garçon affublé d'un tablier bleu qui lui battait les chevilles. Essoufflé, luisant de sueur, l'intrus lança un regard inquiet par la porte qu'il avait laissée ouverte.

— Deborah, gémit-il. Papa dit qu'il faut arrêter de danser et mettre un tablier. On a plein de clients qui attendent leur déjeuner.

Soucieuse de ne pas rater un pas, la fillette répondit sans même regarder son frère :

— Pas question.

— Mais écoute, Deborah, je peux quand même pas tout faire ! Ah, là, là ! toi et tes exercices de danse... Papa va piquer sa colère !

— Qu'il pique sa colère...

— C'est ça ! Seulement, quand il est furieux, c'est toujours moi qui prends, jamais toi. C'est pas juste !

Voyant qu'elle continuait à danser sans répondre, le gros garçon battit en retraite vers la porte tout en continuant de se lamenter d'une voix pitoyable.

— C'est vrai, tu sais, je peux pas tout faire...

— Essaie quand même, pour voir, lui conseilla paisiblement sa sœur.

Il lui lança un dernier regard de chien battu et sortit.

— D'ailleurs, il faut que j'aille à mon cours de diction, ajouta Deborah sans se soucier de savoir si elle avait été entendue.

Finalement, le disque s'acheva. Deborah souleva la pointe de lecture puis, la respiration saccadée, regarda la grille et se planta face à elle. Ensuite, d'un air détaché, elle fit demi-tour et se pencha pour délacer ses chaussons, exposant un petit derrière arrondi aux regards de son admirateur. Elle se déchaussa et, posément, enleva son tutu qu'elle fit glisser sur ses chevilles. Vêtue de sa seule culotte, dos tourné à la grille où elle savait que le gamin l'observait avec fascination, elle alla cueillir sa robe sur le dossier d'une chaise. Elle enfila le vêtement par la tête et tortilla des hanches jusqu'à ce que le tissu ait épousé les formes de son corps d'enfant.

Chaussée et habillée, Deborah exécuta une dernière pirouette et poussa la porte de la *delicatessen.* Un vacarme de conversations, clameurs, cliquetis de couverts pénétra dans le débarras. La grande salle était propre, chaleureuse, attrayante. Cuisiniers et barmen préparaient des sandwiches, plats chauds, potages, *delicatessen,* pendant que des serveurs chargés de lourds plateaux louvoyaient entre les tables. Presque tous les clients étaient des juifs ashkenazim originaires d'Europe de l'Est. La plupart portaient encore la barbe et le chapeau mais, pour les vêtements de travail et les costumes d'hommes d'affaires, ils avaient adopté la tenue américaine.

Gelly, le patron, était le père du gros garçon mou et de la gracieuse fillette. Il s'appelait Moe, elle s'appelait Deborah. Debout près de la porte d'entrée, le patriarche promenait un regard aiguisé sur son établissement. Il surveillait le service, la clientèle et, tout particulièrement, la caisse enregistreuse.

Se frayant un chemin entre les clients et les serveurs, Deborah alla le rejoindre à son poste.

— J'y vais, Tateh, annonça-t-elle.

— Bien. Sois prudente, ma chérie.

— Hé gros ! cria Deborah à son frère qui passait par là. Tu devrais aller mettre de la poudre dans les cabinets, j'ai vu un cafard tout à l'heure !

Puis, avec une petite inclination de tête, comme si elle saluait une salle, elle fila en trottant.

Dans les toilettes, le jeune garçon entendit sa pique et l'encaissa comme un coup de poing dans le ventre. De la stupeur, il passa à l'humiliation puis à la fureur noire. Il sauta au bas de son frêle édifice, ouvrit brutalement la porte et bouscula un client qui utilisait l'urinoir.

Au moment où Noodles entrait dans la salle, l'homme baissa les yeux vers son pantalon et ses souliers trempés et se mit à hurler des injures en yiddish. Sourd à ses invectives, le jeune garçon mit le cap droit sur la porte. Telle une mécanique implacable, il se fraya un chemin dans la foule, évitant de peu la collision avec Fat Moe qui passait chargé d'un plateau de sandwiches au pastrami et au corned beef. Arrivé sur le trottoir, il scruta la rue, finit par trouver la silhouette de Deborah et s'élança à sa poursuite.

Il n'avait parcouru que quelques mètres lorsqu'il tomba sur trois amis qui, précisément, étaient à sa recherche. Les rues grouillaient de gamins de leur âge mais aussi d'une considérable variété de représentants de l'espèce humaine : camelots poussant leurs carrioles, juifs hasidim avec leurs longs manteaux noirs et leurs barbes qui n'avaient jamais vu l'ombre d'un rasoir, femmes vêtues à la mode de l'ancien continent, en jupes longues et châles avec, parfois, une babouschka autour du cou ou de la tête. Il y avait aussi des pauvres en haillons qui demandaient l'aumône, des Arabes basanés, habillés d'étoffes chatoyantes, qui essayaient de rabattre les clients vers les commerces, et des enfants aux grands yeux brillants et aux visages émaciés, déjà marqués par la faim. Ici et là, de rares Chinois couraient à leur travail de blanchissage. Quelques juifs européens passaient, en costume et cravate. Des marchands besogneux rêvaient de devenir des nababs dans l'industrie. Semblables à de gros animaux bleus, des policiers en uniforme vaquaient au milieu de cette fourmilière, le bâton claquant sur la jambe au rythme de leur marche. Leurs hures imposantes paraissaient encore plus roses comparées au teint mat des juifs. Tous n'étaient que des molécules dans ce gigantesque tube à essai appelé le *melting-pot* américain. Tous essayaient de glaner un dollar, de nourrir une famille, de se bâtir une vie, un avenir. Tous, comme Noodles et ses jeunes copains, cherchaient un moyen de s'en sortir, de grimper les échelons.

Dans la petite bande, deux gamins avaient le même âge que Noodles : Patsy et Cockeye. Petit, presque chétif, Dominic avait quelques années de moins qu'eux. Tous portaient le même uniforme, l'uniforme des rues de l'East Side : vêtements élimés et rapiécés, soit trop grands soit trop petits, vieilles chaussures éculées et casquettes à visière.

Les trois autres gosses bouillonnaient d'excitation.

— Hé, Noodles ! cria Patsy. Te sauve pas, attends-nous !

Dominic le rattrapa et lui murmura à l'oreille l'information illicite :

— Bugsy veut nous voir. Il a un boulot !

— Plus tard. Moi aussi j'ai du boulot, répondit Noodles.

Il démarra au pas de course, zigzaguant entre les passants et ne s'arrêta qu'à un coin de rue où Deborah, sachant qu'il allait la suivre, lambinait délibérément devant une boutique de confection à bon marché.

Noodles l'empoigna par une de ses longues tresses noires et la força à lui faire face.

— Dis donc, toi, qui c'est que t'as traité de cafard ?

Il tirait comme une brute et lui faisait un mal de chien. Mais son visage ne trahissait pas la moindre trace de souffrance : une habitude qu'elle avait acquise au contact de la vie sordide qui l'entourait.

— Et qu'est-ce que tu es d'autre, monsieur David Aaronson ? Tu peux me le dire ? Tu grimpes sur les murs des cabinets, comme les cafards. Tu es sale, comme les cafards. Tu me rends malade.

D'un violent coup de tête, elle libéra sa natte.

— Ne me touche pas ! cria-t-elle.

— Ah oui, je te rends malade ? Alors, pourquoi tu m'as fait voir ton cul ?

Le toisant de toute la hauteur de son mépris, Deborah répondit :

— Je n'ai pas l'habitude de m'occuper de ce que les cafards voient ou ne voient pas, voilà tout.

Puis elle lui montra leur reflet dans la vitrine.

— Regarde-toi. Tu n'as pas l'air d'un cafard ?

Noodles regarda. Il vit son image et, à côté d'elle, celle de Deborah qui faisait demi-tour puis disparaissait en courant au milieu de la foule. « Elle a raison, constata-t-il, anéanti. J'ai l'air d'un cafard. » Tout à coup, il y eut quatre images. Quatre cafards... Trois d'entre eux ricanaient sous cape. Ils avaient visiblement assisté à la scène avec Deborah.

En grand monsieur, Noodles décida de traiter l'incident avec la condescendance qu'il méritait.

— Celle-là, si elle continue à me courir comme ça, elle va finir par avoir ce qu'elle cherche ! déclara-t-il.

Notant un certain scepticisme dans les yeux de ses amis, il s'empressa de changer de sujet :

— Alors, qu'est-ce qu'il veut, Bugsy ?

— Qu'on aille relancer un client, répondit Patsy.

— Ouais, ajouta Cockeye, le vieux plouc du kiosque à journaux a pas payé sa note.

***

Le bar « Chez Monkey » était loin de figurer sur la liste des établissements de luxe. Même dans ce secteur misérable, il faisait figure de boui-boui. Il était fréquenté par la lie de la populace : petites frappes à temps partiel, minables en tout genre, escrocs sans envergure, types louches qui venaient boire un dollar gagné de façon douteuse. Mais il y avait toujours quelques clients qui, tout au moins dans leur comportement, donnaient l'impression de gagner leur vie normalement et d'être à même de régler leurs verres. C'était grâce à eux que Monkey évitait la faillite. Il se faisait également des à-côtés en participant à un certain nombre de combines. Il vendait des boissons prohibées, prenait des paris illicites, cachait des armes interdites et des étrangers en situation irrégulière. Il servait aussi de boîte postale et d'entremetteur aux racketteurs qui écumaient le quartier. Parmi ses nombreuses activités figurait celle d'encaisseur dans les opérations où il importait que le payeur et le bénéficiaire ne soient pas vus ensemble.

C'était une opération de ce type qu'il réglait ce jour-là avec Noodles, Patsy et Cockeye.

— Alors, qu'est-ce que vous préférez, le dollar ou le poivrot ? demanda-t-il en espérant qu'ils allaient opter pour la seconde solution.

Les voyant hésiter, il leur fit répéter leur récit afin, prétendit-il, de pouvoir le rapporter dans tous les détails à Bugsy. En fait, il espérait gagner du temps. Avec un peu de chance, l'un des ivrognes serait encore plus ivre et semblerait une proie facile, plus alléchante que le dollar, qu'il pourrait alors empocher.

Monkey était un homme d'une cinquantaine d'années, bedonnant, à l'air perpétuellement sur le qui-vive, comme il le clamait lui-même « quelqu'un à qui on ne la fait pas ».

Bien qu'il fût le plus jeune et le moins développé, Dominic était le plus mûr du groupe et, incontestablement, le meilleur conteur. Forçant sa voix dans les graves pour se donner des airs de dur, il relata pour la seconde fois l'exploit qu'ils venaient d'accomplir.

— Ça a marché comme sur des roulettes. Avec nous, c'était sûr, Monkey. Surtout, en cas de besoin, n'hésite pas à dire à Bugsy qu'on est là.

— Allez, espèce d'affreux, raconte-moi encore comment vous avez fait ça, demanda Monkey. Ça me fera des bons souvenirs pour les longues soirées d'hiver.

Il rit de son humour inimitable. Les trois garçons rirent avec lui.

— Ben alors, Dom, dit Patsy avec impatience. Vas-y ! Raconte-lui encore un coup puisqu'il te le demande !

— Voilà. On a attendu qu'il n'y ait plus personne autour du kiosque et que le vieux Baldy Lebowitz commence à piquer sa ronflette. On avait tous des allumettes. On s'est approchés tout près. Noodles a allumé la sienne en premier et il a foutu le feu à un journal qui était accroché à l'extérieur du kiosque. Nous, on était autour et on a fait la même chose. Avant qu'on ait eu le temps de dire ouf, tout le bazar était en train de cramer. Il y avait quelques saloperies à côté qu'on a aussi fait brûler pour que ça soit plus gai. Tout à coup, voilà le vieux Baldy qui se réveille et qui se met à courir dans tous les sens en gueulant qu'on lui apporte de l'eau. Y a plein de gens qu'ont rappliqué mais d'abord, ils ont commencé par regarder ça avec des yeux ronds. Le temps qu'ils réagissent et qu'ils apportent de l'eau, il ne restait plus que des cendres.

— Très bien, apprécia Monkey.

— Après ça, on a déhotté. Enfin, on est partis peinardement, sans courir. Arrivés au coin de la rue, on s'est arrêtés et on a jeté un coup d'œil sur le résultat. Ensuite, on est venus directement ici pour encaisser.

— Parfait, parfait. Vous avez fait du très bon travail, tous les quatre. Je le dirai à Bugsy.

— On peut avoir notre dollar ? demanda Cockeye.

— Pour sûr, si c'est ça que vous choisissez.

Ostensiblement, Monkey se plongea dans la contemplation d'un ivrogne accoudé au bar. Voyant que les gamins ne réagissaient pas, il se mit à les presser :

— Alors, vous vous décidez ou quoi ?

Noodles désigna un autre pochard.

— Celui-là.

— Prends le dollar, Noodles ! exhorta Cockeye.

— Celui-là, tu es sûr ? demanda Monkey sans tenir compte de l'intervention. Il n'est pas encore mûr. Enfin, pas assez pour vous.

— Bugsy a dit qu'on pouvait prendre le dollar ou choisir un poivrot à plumer, objecta Noodles.

Monkey commençait à perdre patience.

— Tu n'es pas bien ? Prenez l'autre, voyons. Il est beaucoup mieux !

Dominic se planta aux côtés de Noodles.

— On peut prendre celui qu'on veut. On n'est pas pressés.

— Non, trancha Monkey, vous prenez le premier et c'est tout. Regardez ça, il est complètement pété.

— Justement, fit remarquer Noodles. Qu'est-ce qu'on va pouvoir lui tirer ? Il a bu tout ce qu'il avait.

— D'accord, d'accord, concéda Monkey exaspéré. Seulement, je ne peux pas vous garder ici jusqu'à la saint-glinglin. Alors, je vous propose celui-là. C'est à prendre ou à laisser.

Il tendit le doigt vers un petit homme grassouillet. Le client désigné avait les yeux vitreux. Il tenait à peine debout et une grosse montre en or dépassait de son gousset. La victime idéale.

— O.K., acquiesça Noodles. Ejecte-le.

Pendant que les garçons sortaient par la porte de derrière pour attendre leur proie, Monkey convoqua ses videurs. Les deux mastodontes s'avancèrent posément vers le petit homme à la montre en or, l'empoignèrent par le fond de son pantalon et le transportèrent à l'extérieur. Le malheureux balbutia quelques protestations incohérentes mais n'opposa aucune résistance réelle. Non seulement, il était hors d'état de le faire mais, vu le gabarit des videurs, c'eût, de toute façon, été peine perdue. Sans cérémonie, les deux gaillards le lâchèrent dans le caniveau.

Caché derrière la maison, Noodles guettait la sortie de l'ivrogne. Dès qu'il le vit, il fila rejoindre les autres qui attendaient dans la ruelle. Pestant entre ses dents, le pochard se releva au prix de quelques acrobaties spectaculaires et s'éloigna en zigzaguant de réverbère en réverbère.

Tendus et silencieux comme des bêtes de proie, un peu effrayés aussi, les quatre gamins lui filèrent le train. L'homme s'engagea dans la cohue des rues sans remarquer les gens qui s'écartaient sur son passage et encore moins les enfants qui le suivaient. Ils repérèrent une ruelle sombre, un peu plus loin et, d'un pas vif, dépassèrent leur future victime pour aller préparer le guet-apens. Trottant, sautant à cloche-pied, ils firent semblant de se livrer à un jeu innocent puis, en une fraction de seconde, disparurent dans la ruelle. C'était l'endroit rêvé pour dévaliser quelqu'un avec la discrétion requise.

Noodles se tourna vers Cockeye et murmura :

— La veste !

Aussitôt, Cockeye se débarrassa de son blouson mité et le leva à bout de bras en le tendant comme un filet. Les trois autres se dissimulèrent dans les recoins obscurs, prêts à bondir. Mais, lorsque l'ivrogne fut en vue, une silhouette beaucoup moins bienvenue apparut derrière lui. Un grand flic carré au visage rougeaud déambulait autour de son îlot en adressant de temps à autre un signe de tête amical aux commerçants qui attendaient le client sur le pas de leur porte. Whitey, tel était son nom, ouvrait l'œil, non seulement pour démasquer les petits délinquants qui ne manquaient pas dans les parages mais aussi, en bon policier new-yorkais, pour trouver toute occasion d'arrondir sa maigre paie soit en argent soit en nature. Contrairement à ce que laissaient penser les saluts courtois, on ne l'aimait guère dans le voisinage car il était tout aussi porté sur le larcin que ceux à qui il donnait la chasse. En outre, on le soupçonnait, non sans raison, d'être en cheville avec les racketteurs du quartier.

— Merde ! siffla Cockeye. V'la Face-de-cul !

— Merde ! jura Noodles en écho.

— Merde ! murmurèrent les deux autres à l'unisson.

Furieux, ils reculèrent dans l'ombre, espérant que Whitey ne les avait pas repérés et qu'ils allaient encore trouver un moyen de réaliser leur projet sans attirer l'attention. L'immense policier s'était arrêté à un coin et balayait du regard l'enfilade de la rue tout en balançant son bâton.

De nouveau, les garçons laissèrent échapper des jurons étouffés. Planté près du carrefour, Whitey ne semblait pas décidé à bouger.

— Regardez-le, il va prendre racine, se lamenta Cockeye. On aurait dû choisir le dollar.

Patsy, l'éternel affamé, renchérit :

— Ouais, avec un dollar, on aurait pu acheter chez Gelly au moins dix sandwiches au corned-beef dans des petits pains aux graines d'œillette.

— Un dollar..., gémit Dominic. Vingt-cinq *cents* par tête de pipe. Un *quarter* tout entier à dépenser chacun !

— Regardez ! dit Noodles en pointant le doigt vers la rue.

Un attelage arrivait dans l'autre sens. Sur la vieille charrette, se dressait un édifice d'ustensiles et de meubles délabrés retenus par des morceaux de corde effilochée noués bout à bout. A l'avant, une femme âgée portant une babouschka exhortait son cheval cacochyme à mettre un sabot devant l'autre. Un gamin très blond, qui devait avoir sensiblement le même âge que Noodles, jouait au roi de la montagne au sommet de l'échafaudage.

— Préparez-vous, les gars ! La carriole va nous planquer et Face-de-cul ne pourra pas nous voir.

Whitey — alias Face-de-cul — était encore visible mais, dans quelques secondes, l'attelage allait passer devant lui. Ce serait l'instant. Sur le trottoir, la proie avançait toujours en titubant, à peu près de front avec la charrette providentielle. Il allait falloir faire très vite mais, d'après les calculs de Noodles, c'était réalisable. Les trois autres gamins se massèrent derrière lui.

Mais, de son côté, le blondinet avait repéré les détrousseurs en herbe ainsi que leur cible. De quelques bonds agiles, il sauta en bas de son perchoir et s'approcha de l'ivrogne. Comme s'il ne s'était rendu compte de rien, une expression de bon samaritain sur le visage, il prêta à l'homme un bras secourable et l'aida à se traîner.

— Ça va pas, hein, m'sieur ? demanda-t-il avec un sourire angélique mais des yeux de loup affamé. Vous voulez que je vous aide ? Vous allez par là ? Très bien, c'est aussi mon chemin. Oh ! là, là ! Vous êtes encore plus poivrot que mon oncle Nathan, on dirait ! Pourquoi est-ce que vous avez picolé comme ça ? A quoi ça sert ? A vous faire engueuler par votre bourgeoise en rentrant chez vous ! Ah ! Je vois, vous êtes tellement bourré que vous pouvez même pas répondre... Attendez, je vais vous faire faire un bout de chemin.

Avec une force surprenante pour son âge, il prit le pochard sous les bras et l'assit sur la charrette qui poursuivait sa route de la même allure de limaçon. Ensuite, le jeune garçon sauta auprès de l'ivrogne et lui passa un bras autour des épaules, comme pour le protéger de ce monde cruel.

Au passage, il adressa un immense sourire aux quatre copains qui le regardèrent, bouche bée, trop surpris pour pouvoir dire quelque chose. L'instant de stupeur passé, Noodles réagit :

— Venez, les gars ! Ce bonhomme nous appartient. On suit la charrette.

Ils n'avaient pas fait trois pas qu'ils furent arrêtés par un « Halte ! » autoritaire. La charrette ne les cachait plus et Whitey les avait vus.

Ils se figèrent sur place en prenant des attitudes qui se voulaient l'image parfaite de l'innocence.

— Qu'est-ce que vous me fichez par ici ? demanda le policier avec un fort accent du terroir irlandais.

Les quatre garçons se regardèrent.

— Comment ça, qu'est-ce qu'on fiche ici ? dit Patsy.

Noodles regarda l'attelage s'éloigner et, d'un ton résigné :

— Ce qu'on fait ? On se fait baiser, c'est pas difficile.

— Ouais, ajouta Cockeye, on se fait pigeonner. Y a une loi contre ça ?

Fermement campé sur ses jambes écartées, Whitey fit claquer son bâton sur sa cuisse en regardant les enfants d'un œil menaçant. Ils soutinrent son regard un moment puis, finalement, détournèrent les yeux. Glissant la main dans sa poche, Cockeye en ramena un flageolet et se mit à jouer une petite marche entraînante. Patsy se tourna vers Noodles. En riant, ils se prirent par la taille et commencèrent à danser au rythme de la musique. Dominic les observa un moment puis ôta sa casquette et passant dangereusement près du flic, un peu comme un torero audacieux, demanda d'une voix pitoyable :

— Une petite pièce pour quatre pauvres mendiants, s'il vous plaît.

Whitey lui décocha un coup de pied vers l'arrière-train mais le gamin accéléra l'allure juste à temps pour éviter l'impact. Puis il détala et rejoignit ses trois amis au bout du pâté de maisons. Les gosses s'arrêtèrent, se tournèrent vers Whitey pour lui faire un grand pied de nez puis franchirent l'angle de la rue.

Chapitre V

Ce n'était pas la maison la plus infâme du quartier mais, pour le faire admettre à ses habitants, il eût sans doute fallu déployer bon nombre d'arguments convaincants. Serrés les uns contre les autres, les immeubles du Lower East Side s'étendaient à perte de vue. D'une rue à la rue voisine, c'était pratiquement la même chose. Au rez-de-chaussée, des boutiques tenaient les angles et, parfois, le milieu du pâté de maisons. Des échoppes de tailleurs, des blanchisseries, des épiceries familiales fleurissaient, faisaient faillite, étaient reprises par un nouveau propriétaire qui se lançait dans un autre type de commerce, faisait faillite à son tour, vendait, et ainsi de suite. Le long des façades couraient des terrasses surélevées où traînaient des enfants, des vieillards aussi, lorsque le temps était clément ou que la chaleur torride rendait les intérieurs intenables. Pour accéder à ces terrasses, il y avait des volées de marches sur lesquelles on pouvait improviser des jeux, commencer des bagarres et, quand la nuit était bien noire, faire furtivement l'amour.

Intérieurement, tous les bâtiments étaient très semblables. De longs couloirs mal éclairés, étroits, imprégnés de relents de chou (l'un des aliments de base du secteur), d'urine et de bière, étaient encombrés de caisses, de landaus démantelés, de chariots, de poussettes. On y trouvait un bric-à-brac d'objets de toute sorte, encore trop précieux pour être jetés sans remords, mais plus assez pour que l'on se refusât à gagner un peu de place dans les appartements exigus de peur de les voir volés.

L'espace était restreint, la nourriture manquait. Les gens, en revanche, ne manquaient pas et s'entassaient dans les appartements, les immeubles, le quartier. Les rats ne manquaient pas non plus ; ils proliféraient autour des poubelles et quittaient fréquemment la moisissure des caves pour s'aventurer dans le domaine des hommes. La vermine ne manquait pas, les cafards pullulaient. Nombreuses aussi étaient les maladies, de même que les morts qui en résultaient. Et les naissances, bien sûr, étaient très nombreuses. Car dans ce confinement, sans argent pour se distraire, parfois même pour manger et se chauffer, que restait-il pour oublier la misère, excepté chercher le réconfort dans les bras d'une autre personne humaine ?

Mais ce qui manquait le plus était l'espoir. Il existait encore chez les jeunes, qui remarquaient moins la pauvreté et la déchéance. Mais leurs parents et grands-parents, écrasés par la simple nécessité de survivre, y avaient renoncé depuis longtemps. Ils avaient compris que la Terre promise d'Amérique n'était qu'un mythe. La réalité était là : il ne suffisait pas de se baisser pour ramasser l'or dans les rues.

Les jeunes étaient certes marqués par la rudesse des conditions de vie mais de façon moins aiguë. Pour eux, tout n'était pas encore perdu. La bonne fortune pouvait vous sourire. Quelqu'un pouvait perdre une pièce de monnaie sous vos yeux. Vous pouviez gagner une pomme ou une friandise en rendant de menus services, faire les courses par exemple. Si vous étiez une jolie fille, un riche prince charmant pouvait s'intéresser à vous et vous arracher à cette vie sordide.

Et, naturellement, vous pouviez aussi devenir gangster.

Le crime était synonyme d'argent, de costumes luxueux, de chapeaux de feutre, de souliers de cuir à bouts arrondis. Il était synonyme de repas dignes de ce nom avec de la viande, de la bière ou du vin. Le crime vous permettait d'aller vous faire faire d'élégantes coupes dans les salons des barbiers, embaumés par l'odeur du talc et des lotions après-rasage. Mais, pour un garçon de quatorze ans, il signifiait surtout la profusion d'une denrée aussi mystérieuse que convoitée : la femme.

Mais, ce jour-là, Noodles et Patsy étaient loin de penser

aux filles lorsqu'ils regagnèrent l'immeuble de rapport où ils vivaient. Frustré, abattu, Noodles remâchait le goût amer de sa défaite. Et ce n'était pas simplement l'argent perdu, c'était aussi Face-de-cul et les sales coups qu'il leur faisait en permanence avec l'insolente assurance de sa force inattaquable. C'était ce blondin qui leur avait soufflé le poivrot sous le nez. (Car Noodles ne se faisait aucune illusion sur les intentions de ce gamin au sourire d'ange.) C'était Monkey qui se servait d'eux mais les prenait pour des minables. C'était Bugsy, le caïd du quartier, pour qui il comptait bien travailler un jour à temps plein mais qui, pour le moment, ne le considérait que comme un petit morveux.

Tel était le bilan qu'il avait dressé. Pas très souriant.

— Salut ! dit-il en tournant dans le couloir de son étage.

Patsy allait plus haut.

— Ouais, salut...

Il y eut un silence puis les pas de Patsy se refirent entendre dans l'escalier. Il redescendait et vit Noodles qui était resté sur place, les mains dans les poches.

— Tu ne rentres pas chez toi ? demanda-t-il.

— Chez moi, tu parles ! Pour quoi faire ? Mon vieux est en train de prier, ma vieille en train de pleurer et il n'y a pas de lumière. Ils ont coupé l'électricité parce qu'on n'avait pas payé la dernière note. Il n'y a probablement rien à bouffer, à part peut-être des betteraves à l'eau. Non merci. Moi, je vais m'installer sur le trône pour bouquiner.

Il fouilla dans une de ses poches et y pêcha un vieux livre aux pages écornées qu'il avait trouvé dans une poubelle. Laissant Patsy remonter, il fit demi-tour et s'éloigna en direction des toilettes communes.

Après s'être soulagé, Noodles tira la chasse et resta où il était. Confortablement installé sur le siège, il ouvrit le livre qui s'intitulait *Martin Eden*. Il lisait depuis un moment lorsqu'il entendit des pas approcher dans le couloir. Il se pencha en avant et regarda par le trou de la serrure. C'était une fille de son âge, pas vraiment jolie mais avec des hanches rondes et une poitrine déjà plantureuse. Sans un bruit, Noodles défit le crochet et se rassit.

Sans méfiance, la fille ouvrit la porte. Elle s'arrêta net en découvrant Noodles mais n'esquissa aucun mouvement de repli. Exhibant ce qu'il pensait être le sourire le plus conquérant de sa panoplie, il agita son livre en disant :

— Salut, Peggy !

— Tu pourrais quand même fermer ta porte, répondit l'arrivante en le regardant sans la moindre gêne.

Beaucoup moins à l'aise, Noodles pointa un doigt entre ses jambes et demanda en essayant de masquer les tremblements de sa voix :

— Pourquoi ? Tu n'aimes pas ?

Peggy haussa les épaules.

— C'est de ça que tu parles ? J'ai déjà vu beaucoup mieux.

— Ha, ha ! Tu en as vu des tas et des tas, je suppose...

— Et toi, hein ? Combien de filles t'ont fait voir leur minet ? Je vais te le dire, moi. Zéro !

Sachant que le mensonge allait percer dans sa voix, Noodles n'osa pas nier.

— Alors, laisse-moi voir le tien, demanda-t-il.

— D'accord. Pourquoi pas.

Elle releva sa jupe mais garda sa culotte. Instinctivement, Noodles tendit la main mais Peggy rabattit sa jupe, comme un rideau, enfermant dans son mystère l'objet de convoitise inconnu.

— Regarder, dit-elle en minaudant. Pas toucher.

Noodles se leva et, maladroitement, commença à lui caresser les seins tout en essayant de l'embrasser. Ravie de l'excitation qu'elle faisait naître, Peggy se laissa faire un moment puis le repoussa.

— Hé là ! Pas de ça !

— Quoi ? Ça ne te plaît pas ?

— Ça me plaît, d'accord. Mais pas gratis. Si tu vas me chercher quelque chose de bon à la boulangerie, je te laisserai. Apporte-moi une charlotte et tu auras le droit de faire tout ce que tu voudras, Noodles.

— Tout ce que je voudrai ?

— Oui, tout. Une grosse, hein. Avec plein de crème fouettée. Tu vois ce que je veux dire ?

— Demain. Demain, je t'en apporte une, promit Noodles en se jetant sur elle.

— Tsst ! Tsst ! fit Peggy en lui donnant une petite claque sur la main. Je ne fais pas crédit. Et puis arrête de me serrer comme ça sinon, je vais faire caca dans ma culotte.

Noodles se calma comme sous l'effet d'une douche froide.

— Demain, ajouta Peggy. Tu m'apportes ce que je te demande et tu auras ce que tu veux.

Comme il ne répondait pas, elle demanda :

— Alors ? Tu sors ?

Elle remonta de nouveau sa jupe, baissa vivement sa culotte et prit place sur le siège sans lui laisser le temps de rien voir. Dégoûté, Noodles boutonna son pantalon, sortit et claqua la porte d'un coup de talon. Il traversa le couloir en courant, descendit l'escalier quatre à quatre et fit irruption à l'extérieur. Il fallait qu'il trouve quelque chose, n'importe quoi, pour décharger la tension qui l'habitait. Une bonne bagarre serait sans doute le mieux.

Le ventre torturé par la faim et le désir inassouvi, il dévala les marches du perron. La première personne qu'il vit fut le gamin blond qui leur avait fauché l'ivrogne. Ce petit salaud allait habiter dans l'immeuble d'en face ! Il était occupé à décharger la charrette sous le regard intéressé des autres occupants de la maison.

« Tu vas voir ça, petit mariolle ! » songea Noodles. Le garçon était à peu près de la même taille que lui. Il avait de bonnes chances de pouvoir lui faire sa fête... C'est alors qu'il se rappela la force avec laquelle il avait soulevé le pochard pour l'installer dans la charrette. « Tant pis », décida-t-il. Après tout, il était sur son territoire. Et c'était Bugsy qui lui avait donné le poivrot, par délégation de pouvoir peut-être, mais c'était du pareil au même. Bugsy était le caïd du quartier, on ne transgressait pas ses directives. Ça, le blondin allait l'apprendre à ses dépens. Noodles traversa la rue.

L'autre gamin avait sorti de la charrette un vieil appareil photo à gros boîtier. Il écarta le trépied, le posa sur le trottoir et se baissa pour regarder dans le viseur. Lorsque Noodles se rendit compte que l'appareil était braqué dans sa direction, il fit délibérément demi-tour et présenta son derrière sur lequel il appliqua une petite claque moqueuse.

— Tire-moi ça en six exemplaires, dit-il.

C'était ce qu'il avait trouvé de mieux pour défier le blondinet. Celui-ci releva la tête.

— Bouge pas et baisse ton froc. Comme ça je pourrai te niquer une deuxième fois.

Noodles s'avança, l'air menaçant.

— Hein ? Comment ça une deuxième fois ?

Le blondinet avait compris que Noodles était prêt à cogner. Il fit semblant de se plonger dans l'organisation des affaires qu'il devait transporter à l'intérieur.

— Hé oui, mon cher, répondit-il un sourire provocant sur les lèvres. Mais c'est une longue histoire.

Il tira de sa poche une chaîne à laquelle était attachée une montre en or. Noodles la reconnut immédiatement ; c'était celle du client de Monkey. Le gamin blond regarda la montre. Son sourire provocant se changea en sourire merdeux :

— Il est déjà 7 h 34, ricana-t-il, et j'ai encore beaucoup de choses à faire.

Il leva la montre et la fit balancer au bout de la chaîne, ajoutant :

— Tu n'as qu'à voir. A moins que tu ne saches pas lire l'heure...

Puis il remit la montre dans sa poche et, sans effort apparent, souleva une lourde caisse sur laquelle une lampe de verre était posée en équilibre précaire. Une nouvelle fois, Noodles fut impressionné par sa force. Il le suivit sur les marches du perron mais, lorsqu'ils furent arrivés en haut, il passa devant et dit :

— Après vous.

D'une main, il ouvrit la porte tandis que, de l'autre, il raflait la montre dans la poche du garçon blond. Celui-ci était coincé : il avait les deux mains prises par la caisse qu'il ne pouvait laisser tomber à cause de la lampe.

Noodles regarda la montre.

— Il est maintenant 7 h 35 et moi, je n'ai strictement rien à faire. A part, peut-être, lire l'heure...

— O.K., petit con, répliqua l'autre, furieux. Je t'ai trouvé un bon truc pour passer le temps. Je vais t'endormir.

Il redescendit l'escalier pour poser sa caisse sur la charrette. Noodles fonça à l'avant, s'empara de la bride et fit avancer le cheval juste assez pour que l'adversaire ne puisse remettre sa caisse en place.

La main sur la bride, il continua à marcher à reculons. Le garçon blond commençait à s'épuiser. Noodles le regarda en ricanant :

— Puisqu'on est en train de causer d'heure, j'ai comme dans l'idée que cette mââgnifique lampe va être cassée autour de 7 h 36. (Il consulta la montre.) C'est-à-dire dans une quinzaine de secondes.

Il fit encore un pas en arrière puis s'arrêta. Il venait de heurter quelqu'un. Il se retourna. Whitey ! Sans lui laisser le temps d'esquisser un geste, le policier lui subtilisa la montre.

— Où est-ce que tu as encore fauché ça, espèce de gibier de potence ?

— Rendez-moi cette montre ! répliqua Noodles indigné. Elle est à moi !

— Ah oui ? Elle est à toi ? Prouve-le donc, petite canaille ?

Pendant ce temps, le garçon blond avait enfin réussi à mettre la caisse et la lampe en sécurité sur le plateau de la charrette. Le visage rouge, encore essoufflé de son effort, il vint les rejoindre et, à la grande surprise de Noodles, déclara :

— C'est vrai, m'sieur l'agent. C'est moi qui lui ai donnée. Elle est à lui.

Whitey le détailla minutieusement des chaussures éculées au visage crasseux. Puis il s'avança, l'air menaçant.

— D'où sors-tu, toi ? Je ne t'ai encore jamais vu dans le quartier.

— J'arrive du Bronx, m'sieur l'agent. On vient juste de déménager.

— Et les gens du Bronx ont l'habitude de distribuer des montres aux inconnus ? Si tu t'imagines que ce genre de petit jeu marche dans ma paroisse, tu te fourres le doigt dans l'œil jusqu'au coude. Tu es mal tombé ici, mon petit bonhomme !

— C'est pas un inconnu, m'sieur l'agent, affirma le blond en désignant Noodles du doigt. C'est mon oncle. Je ne mens pas. Vous pouvez aller demander à ma mère.

Dédaigneux de relever, Whitey poursuivit :

— Et qui te l'a donnée ? Tu ne vas quand même pas me raconter que tu l'as achetée !

— C'est mon autre oncle, mon oncle Nathan.

Noodles se mit de la partie :

— Ouais, mon petit frère. Nate qu'on l'appelle dans la famille. Vous avez déjà dû le voir par ici...

— Bande de petits marioles, va ! lança le policier.

Il se tourna vers l'enfant blond.

— Tu diras à ton oncle Nathan de passer me voir au poste.

Tenant le bout de la chaîne entre deux doigts, il lui imprima un petit coup sec, faisant sauter la montre, qu'il attrapa au vol et fourra dans sa poche.

— Impossible de lui dire, m'sieur l'agent.

— Ah bon ! et pourquoi ?

— C'est affreux... Il est mort.

— C'est vrai, confirma Noodles. Il est mort. Tout à fait mort.

— Ben voyons. Et on peut savoir de quoi il est mort ?

— L'alcoolisme.

— Oui, à Kichinev, en Moldavie, précisa le blond.

— Parfait, parfait ! s'exclama Whitey. Dans ce cas, il n'a plus besoin de lire l'heure. Sa montre est... réquisitionnée. Il pirouetta sur place puis commença à s'éloigner en sifflotant et en balançant son bâton.

— Réquisi... quoi ? demanda le blond. Qu'est-ce que ça veut dire ?

— Réquisitionnée, répondit Noodles. Ça veut dire piquée par lui. A 7 h 37 très exactement.

Soudain, Whitey se retourna et pointa un doigt menaçant vers les deux adolescents.

— Et gare à vous, bande de petit rigolos ! N'oubliez pas que je vous ai à l'œil.

— Gare à nous... gare à nous... Gare à *toi,* gros plouc, murmura le garçon blond. Moi aussi je t'ai à l'œil.

Furieux, il se remit à son travail, manipulant sa caisse avec des gestes brusques. La lampe de verre bascula et ne dut de ne pas finir cassée qu'à l'intervention express de Noodles. Au-dessus d'eux, une voix cria par une fenêtre :

— Max !

— Ouais, m'man ! fit l'enfant blond en levant la tête. Qu'est-ce qu'il y a ?

— Il y a que j'aimerais bien te voir arrêter de discutailler et te mettre à monter les meubles. Tu as envie qu'on se les fasse voler ? Et d'abord, à qui parles-tu ?

— A mon oncle, répondit le garçon dont Noodles connaissait maintenant le nom.

La caisse dans les bras, il commença à gravir les marches de l'entrée. Noodles avait toujours la lampe à la main. Il prit l'appareil photo et emboîta le pas à sa nouvelle connaissance.

Chapitre VI

A la connaissance de Patsy, Peggy n'avait pas de père. Bien sûr, elle en avait eu un, mais il n'avait jamais vu de vieux entrer chez elle. D'ailleurs, il était pratiquement sûr d'avoir entendu dire qu'elle vivait seule avec sa mère. Malheureusement, il était presque aussi sûr d'avoir entendu dire que la mère en question était du genre peau de vache. Mais enfin, peau de vache ou non, ce n'était quand même pas un homme et il ne risquait pas de se faire accueillir à coups de poing dans la figure. Et puis il avait trouvé un prétexte parfait. Si on lui demandait pourquoi il voulait voir Peggy, il dirait qu'il avait un message de la part d'une copine. Ensuite quand ils seraient seuls, il lui montrerait le gâteau. Il lui dirait qu'il était pour elle tout entier si elle l'accompagnait dans un coin tranquille et se laissait faire.

Il était confiant. Elle ne dirait sûrement pas « non ». Le seul point délicat serait donc de réussir à la faire sortir sur le palier. En arrivant à l'étage où habitaient Noodles et Peggy, il se prit à rêver que la mère soit absente. Dans ce cas, il pourrait entrer dans l'appartement et faire carrément ça sur un divan ou un lit. Et si la mère rentrait ? Et si elle avait la visite d'un tonton ? Cela se finirait peut-être par une solide trempe. Oui mais, si quelqu'un osait lui flanquer une correction, il en référerait à Bugsy. Et Bugsy veillerait à punir le type, quel qu'il soit... Enfin, peut-être...

Et si Peggy avait des relations avec Bugsy...

En arrivant devant la porte de Noodles, Patsy était en nage. Personne dans le couloir. Il cacha dans son dos le paquet contenant le gâteau. Peggy habitait l'appartement situé dans l'angle du couloir. Soudain, Patsy sentit une boule lui descendre dans l'estomac et, un instant, il envisagea de prendre ses jambes à son cou. Mais le simple fait de penser à ce qu'il allait faire avec Peggy lui avait causé un gonflement dans le pantalon. Il décida qu'il était essentiel de faire quelque chose, d'autant que Noodles savait qu'il était ici et allait lui demander un récit circonstancié.

Il était devant la porte. Il posa un doigt timide sur la sonnette et sursauta en entendant le tintement strident. Un bruit pareil avait dû alerter tout l'immeuble.

Pas de réponse. Patsy était sur le point de perdre espoir lorsque la porte s'entrouvrit. Une grande femme musclée le détailla de la tête aux pieds. Lorsqu'elle vit que ce n'était qu'un jeune garçon, elle ouvrit un peu plus mais pas assez pour laisser Patsy entrer, ni même apercevoir l'intérieur de l'appartement.

— Je me suis demandé si ça n'était pas l'encaisseur de la compagnie de l'électricité. Qu'est-ce que tu veux, mon gars ?

La femme sentait un peu le savon.

— Bonjour, m'dame, excusez-moi de vous déranger, mais est-ce que Peggy est là ?

— Oui, mais elle est en train de prendre un bain.

— Ça, c'est une bonne idée ! Euh... enfin, je voulais dire... Non... ce n'est pas ça que je voulais dire... Voilà, si ça n'est pas trop vous demander... voudriez-vous lui dire que j'ai un message pour elle ? Si elle pouvait sortir...

— Pas de problème. Seulement il faudra patienter quelques minutes.

Patsy entendit la voix de Peggy à l'intérieur :

— Dépêche-toi de m'apporter de l'eau chaude, m'man ! Je suis toute pleine de savon.

— J'arrive ! cria la grande femme en claquant la porte au nez de Patsy.

Il alla s'asseoir sur les marches qui conduisaient à l'étage supérieur. Il distinguait très nettement tous les bruits de la maison, même la voix de Peggy qui parlait avec sa mère. Quelqu'un monta l'escalier et entra dans un appartement. Il n'était pas très sûr dans la pénombre, mais il lui sembla que c'était Noodles. Il commençait à s'impatienter et se mit à battre du pied. Puis son regard tomba sur le paquet qu'il avait à la main.

Un simple gâteau qui allait lui permettre d'avoir une chose cent fois, mille fois, plus précieuse. « C'est vrai, se dit-il, une charlotte russe, même à dix *cents,* ce n'est pas payé pour ça... Dans le fond, ça n'est sûrement qu'une formalité. Si elle fait ça, c'est parce qu'elle doit aimer ça ! Mais oui, c'est évident, même sans gâteau, je suis bien tranquille qu'elle finirait par accepter. » Il renifla le papier sulfurisé dans lequel Fat Moe lui avait enveloppé la charlotte. Une petite goutte de crème fouettée avait coulé à l'extérieur. Il la ramassa du bout de l'index et essaya de lui faire réintégrer l'emballage, mais elle ne voulait pas rentrer. Finalement, il se lécha le doigt.

Bon sang, mais pourquoi traînait-elle ainsi ? Autant de temps pour un bain ! Patsy ne comprenait pas. Pour lui, cela durait environ deux minutes une fois par semaine. Enfin, elle allait sentir bon, ce serait encore plus agréable. Et elle serait propre. Il avait entendu parler de ce qu'on pouvait attraper en allant avec des filles malpropres. Si jamais Peggy lui collait une cochonnerie, elle aurait droit à une grande baffe sur le nez !

Mais elle en mettait un temps ! Il se leva et commença à arpenter le couloir. Puis il se rassit, en se disant que le bruit de ses pas risquait d'agacer les habitants de l'étage. Si la mère de Peggy se mettait en colère et refusait de la laisser sortir ? Que faire en attendant ? Il regarda son paquet. Encore une lichette ? Oui, une toute petite. « Bon Dieu, qu'est-ce que j'ai faim ! songea-t-il. Si j'avais su, j'en aurais acheté deux petites à cinq *cents* au lieu d'une grosse. J'aurais pu m'en taper une et laisser l'autre à Peggy, ni vu ni connu. Elle n'aurait même pas fait la différence. » Il glissa un doigt dans le paquet et sentit la crème onctueuse mais il se rendit compte qu'en le faisant, il collait le papier sur le gâteau et salissait tout. Décidément, il valait mieux développer le paquet s'il voulait goûter. Ensuite, il n'aurait qu'à le refaire soigneusement et le tour serait joué. Qu'il était appétissant, ce gâteau, surtout pour un affamé ! Une minuscule petite bouchée... Non, elle ne pourrait pas s'en apercevoir.

C'était encore meilleur en mélangeant la pâtisserie, la crème fouettée et le sucre en poudre. Patsy avala sa bouchée avec délectation puis examina ce qui restait. Aïe ! Maintenant, la charlotte manquait singulièrement de symétrie. Une autre petite bouchée de l'autre côté pour égaliser ? Jamais encore il n'avait réalisé à quel point les pâtisseries de Gelly pouvaient être bonnes. Un instant plus tard, sans même s'en rendre compte, Patsy avait avalé la charlotte entière.

Comme par un fait exprès, la porte s'ouvrit. Peggy sortit, toute fraîche et pimpante, un panier de linge sous le bras.

L'air légèrement ennuyé, comme si elle savait d'avance ce qu'il voulait, elle toisa Patsy et demanda :

— Alors ?

— Alors quoi ?

— Ma mère m'a dit que tu voulais me voir. Enfin, je suppose que c'est toi puisqu'il n'y a personne d'autre. Elle m'a dit qu'un garçon avait un message pour moi.

— Euh... ouais, enfin... non. C'est-à-dire que... Les gars m'ont dit...

— Oui ? Qu'est-ce qu'ils t'ont dit ?

— En fait, pas grand-chose... Enfin, rien quoi...

— Eh bien, s'ils attendent une réponse, tu leur dirais d'éviter de parler pour ne rien dire. Vu ?

— Ouais. Bon ben, je m'en vais.

Patsy s'écarta du passage pour laisser Peggy monter puis ajouta :

— Je reviendrai un autre jour.

Lorsqu'elle eut disparu dans les étages, Patsy, morose, reprit sa place sur les marches. « Après tout, se dit-il, si je lui demande, peut-être qu'elle me laissera... De toute façon, ça ne coûte rien d'essayer. »

Il suivit Peggy dans l'escalier. Sur le palier du dessus, une fenêtre permettait de voir les toits. Patsy entendit la porte s'ouvrir et se refermer là-haut. Il regarda. Peggy sortit sur le toit. Elle étendit un drap sur une corde puis le fixa à l'aide de pinces à linge. Il en fallait plus pour arrêter Patsy. Que Peggy soit occupée ou non, il était bien décidé à tenter sa chance. Mais autre chose l'arrêta. Un homme arrivait en sautant de toit en toit. Il suivait un garcours zigzagant, comme s'il redoutait de se faire repérer. Lorsqu'il aperçut Peggy, il lui fit un petit signe et d'un bond, vint la rejoindre. Elle achevait s'étendre son dernier drap et ils disparurent tous deux à la vue de Patsy. Mais cela n'avait aucune importance. Il savait ce qu'ils allaient faire. Et il savait aussi qui était le galant de Peggy.

C'était Face-de-cul, le flic du quartier.

Patsy fit demi-tour et dévala l'escalier en espérant que les pas entendus tout à l'heure étaient bien ceux de Noodles. Dès qu'il fut à sa porte, il se mit à tambouriner sur le battant en l'appelant :

— Noodles ! Noodles ! Viens vite !

***

Excepté l'air frais et le soleil que l'on pouvait y trouver — mais le plus souvent, la suie, la pluie ou la neige —, les toits de ces immeubles sinistres n'avaient rien d'un agréable séjour. Ils étaient couverts de goudron et de poussière. Les systèmes d'écoulement d'eau étaient mal conçus et il s'y formait des flaques stagnantes où pullulait la vermine. Les cheminées vomissaient une fumée noire et épaisse. Il était dangereux de s'aventurer près du bord car il n'y avait pas de garde-fou. A la vérité, ils n'étaient guère appréciés que des cambrioleurs et des couples illégitimes qui pouvaient s'y adonner à leurs ébats sans risque de se faire voir de leurs conjoints.

C'était en quête d'une aventure interlope que Whitey était monté ici pour la première fois. Et il avait trouvé ce qu'il cherchait en compagnie de la jeune Peggy. Il fallait dire que cette gamine à la généreuse poitrine pratiquait des tarifs très raisonnables. Quelques sucreries et elle s'estimait heureuse. Et elle était loin d'être farouche. Mais cela chagrinait Whitey. Tout de même, elle était mineure et lui agent de police...

La première fois, il s'était promis de ne plus revenir. Mais il n'avait pas tenu. Il était revenu, une deuxième fois, puis une troisième, et avait pris ses habitudes. Il pensait qu'un jour ou l'autre quelqu'un allait les surprendre. Et puis, personne ne se rendant compte de rien, il avait fini par se sentir un peu plus en sécurité.

Aussi fut-il secoué, effrayé, même, lorsque le flash au magnésium crépita, mais pas réellement surpris. Il était allongé sur Peggy qui était elle-même allongée sur un tas de linge propre, avec, comme paravent, les draps qu'elle venait d'étendre. Il avait le derrière au vent et, au moment où l'éclair jaillit, le visage particulièrement congestionné. Un groupe de pigeons qui mangeaient, déféquaient et copulaient sur le toit s'envolèrent à tire-d'aile, dérangés par le flash. Whitey aussi fut dérangé mais il lui manquait les ailes pour imiter les oiseaux.

Il se releva, comme propulsé par un ressort. Peggy, nue comme un ver, se recroquevilla terrifiée sur son tas de linge.

— Ça colle ?

D'abord, Whitey crut que Noodles lui posait une question vulgaire puis Max répondit :

— Ouais, impeccable. Il a un peu cligné du trou de balle mais je l'ai eu.

Son éblouissement passé, le policier vit Noodles un flash à la main et Max penché sur son appareil photo. Un troisième gamin — un certain Patsy, pensait-il — se tenait derrière eux et ricanait comme un babouin. Whitey se colla le dos au mur du petit abri qui formait le quatrième côté de son nid d'amour. Il avait le pantalon sur les chevilles et chacun pouvait à loisir examiner ses avantages. D'une main frénétique, il s'employa à remonter son pantalon bleu marine au fond et aux genoux lustrés par l'usure. Il n'aurait plus manqué que ces sales gosses l'immortalisent dans cette posture ridicule !

Max lui cria :

— C'est du joli, Face-de-cul ! Et pendant le service, en plus... Tu te rends compte, si le sergent apprend que tu fais ça au lieu de te promener dans les rues pour voler des pommes aux étalages ?

Le caleçon de Whitey s'était emberlificoté dans son pantalon d'uniforme. Il essaya de se redonner un semblant de contenance et décida de traiter l'affaire comme une plaisanterie... jusqu'à ce qu'il ait pu mettre la main sur la pellicule. Lorsque ce serait chose faite, ces sales petits youpins auraient affaire à lui !

— D'accord, les gars, admit-il, un point pour vous. Vous m'avez eu le cul à l'air.

— Pas simplement le cul à l'air, rectifia Noodles, en train d'enfiler ta berdouillette entre les cuisses d'une mineure !

— Tu t'es fait avoir comme un vrai con, ajouta Max.

Peggy avait compris. Elle s'assit et éclata de rire, sans même prendre la peine de se cacher les seins ou autre chose. Max sortit la plaque de l'appareil et la tendit à Patsy.

— Dégage ! dit-il. Va mettre ça en lieu sûr.

— Attends ! cria Whitey en s'élançant derrière Patsy sans avoir pu venir à bout de son pantalon défait.

Mais le jeune garçon filait comme un rat pourchassé par un terrier. Il était déjà dans l'escalier. Lorsque le policier comprit qu'il ne le rattraperait jamais, il s'arrêta et essaya de reprendre la situation en main.

— Qu'est-ce que vous allez faire de cette photo ? demanda-t-il. Premièrement, elle est peut-être complètement floue. Deuxièmement, qu'est-ce qui ressemble plus à un cul qu'un autre cul ? Personne ne saura jamais que c'est le mien. Alors ?

Noodles regarda son compagnon. D'un ton vague, comme si la question le laissait totalement indifférent, il répondit :

— Ça dépend... Quelle heure il est, Max ?

Max s'approcha de Whitey.

— L'heure de récupérer notre tocante.

Plongeant la main dans la veste de l'uniforme, il s'empara de la chaîne et arracha la montre.

— Très bien, les gars, dit le policier, essayant de faire bonne figure. Maintenant, on est à égalité.

— Tu crois ça ? ricana Noodles. Le jour de ta mise à la retraite on sera peut-être à égalité...

Voyant qu'ils en voulaient, Whitey demanda calmement :

— Bon, parlons peu mais parlons bien. Qu'est-ce que vous voulez ?

Il avait fini par avoir raison de son pantalon et reboutonna sa braguette. Max et Noodles déboutonnèrent la leur.

— Alors, vous répondez ? Qu'est-ce que vous voulez ?

Ce fut Max qui répondit :

— Noodles m'a parlé d'un certain Bugsy. Il paraît que grâce à toi, il fait la loi dans le quartier.

Pendant qu'il parlait, Noodles était allé rejoindre Peggy. Pudiquement, il tira le drap pour se dissimuler aux regards.

— Qu'est-ce que tu insinues ? questionna Whitey.

— Qu'il te graisse la patte, dit Max.

La voix de Peggy s'éleva derrière le drap :

— Va doucement, voyons. Qu'est-ce que c'est que cette précipitation ?

Max poursuivit comme si de rien n'était :

— Pourquoi Bugsy te graisse la patte ? Qu'est-ce que tu fais pour lui ?

— Disons que, de temps en temps, je ferme l'œil sur ses activités.

De nouveau, ils entendirent la voix de Peggy, à laquelle se mêlaient les halètements de Noodles :

— Va doucement, je te dis. Tu ne prends même pas le temps d'en profiter. Pas si vite, pas si... Et voilà, fini. Tu vois ce que je te disais ? Quand on s'échauffe trop, on prend vite feu !

— A partir de maintenant, énonça posément Max, c'est sur ce qu'on fait nous que tu fermeras un œil.

Noodles tira le drap et vint les rejoindre, le visage rouge, un peu ébourriffé, mais l'air satisfait de lui-même.

— Qu'est-ce que vous avez l'intention de faire ? demandait Whitey.

— Il t'expliquera ça, répondit Max en désignant Noodles. Moi, je vais rendre une petite visite de politesse à Mlle Peggy.

Noodles le regarda passer derrière le drap puis annonça :

— Patsy, Cockeye, lui et moi, on bosse ensemble et on prend la direction des affaires.

— Quoi ! Mais vous êtes dingues ! Vous n'êtes que des mômes ! Bugsy va vous bousiller. Qu'est-ce que je dis, il va vous pulvériser ! Ce n'est pas que je vous porte dans mon cœur, mais je n'ai quand même pas envie d'être appelé pour vous identifier à la morgue municipale. Je ne supporterai pas de chose comme ça dans mon secteur.

— Tu supporteras et tu fermeras ta gueule ! Tu ne vois rien, tu n'entends rien. Exactement comme avec Bugsy. Ça n'est pas compliqué.

— Merde ! jura Max de l'autre côté du drap. Déjà ?

— Pas d'affolement. Ça arrive la première fois, exposa Peggy d'un ton rassurant. Allez, viens, entre à l'intérieur...

— C'est ces deux-là en train de discuter, se plaignit Max.

Noodles eut un petit rire et dit à Whitey :

— Tu vois, on lui coupe ses effets. On n'a plus rien à se dire, flicard, alors dégage !

— Hé là ! intervint Max en passant la tête par-dessus le drap. Avant de filer, tu vas faire un geste de bonne volonté. Paye Mlle Peggy pour nous.

— O.K., gars, comme tu voudras.

Whitey fouilla dans sa poche et en tira un billet que Noodles happa au vol.

— Me revoilà, Peggy. Je suis tout prêt à en reprendre. Je n'arrive pas à y croire. C'est ma première fois et c'est un flic irlandais qui paye !

Peggy éclata de rire.

— Il n'arrivera jamais à redresser, décréta Whitey.

— Un peu qu'il y arrivera, Face-de-cul ! Il a les plus belles couilles du monde. C'est pour ça qu'on marche ensemble. Est-ce que tu as des clopes ?

CHAPITRE VII

Les rues étaient noires de monde ce vendredi soir. Les commerçants fermaient boutique avant la tombée de la nuit afin de respecter le *shabbat* et chacun se préparait pour aller suivre l'office à la synagogue.

Noodles aussi était dans la rue mais, contrairement à la majorité, il ne se dirigeait pas vers la synagogue. Il suivait une silhouette qui avançait dans la foule d'un petit pas souple et rapide. La jeune fille était fine et élancée. Une paire de chaussons de danse noués ensemble étaient jetés sur son épaule. Sa longue natte lui battait le dos au rythme de sa marche. Parfois, elle disparaissait comme un spectre dans la lumière déclinante. Mais Noodles la retrouvait toujours. Il restait à distance pour ne pas se faire repérer mais assez près tout de même pour ne pas se laisser semer au cas où elle changerait de direction.

Il s'arrêta et se tapit dans une entrée d'immeuble. Elle venait d'arriver à la *delicatessen,* au moment où son père et son frère s'apprêtaient à partir. Les deux représentants de la gent masculine se rendaient au lieu de culte et portaient la tenue de circonstance. Ils échangèrent quelques mots puis la jeune fille prit la clef que lui tendait son père et entra par une porte latérale tandis que Gelly et Fat Moe se joignaient à la marée humaine. Lorsqu'il fut certain qu'ils ne risquaient plus de revenir, Noodles quitta sa cachette et se glissa dans la ruelle.

Son cœur battait la chamade lorsqu'il arriva devant la porte. Mais elle était entrouverte ! Etait-il possible qu'il eût une telle chance ? Il ne parvenait pas à le croire. Il poussa un peu le battant, jeta un coup d'œil à l'intérieur puis dans la ruelle pour vérifier que personne ne l'avait observé puis il entra et referma sans bruit. Il entra dans la grande salle en marchant sur la pointe des pieds. Elle n'était pas là. Derrière une porte, il entendit un grincement de mécanique. Elle était en train de remonter le gramophone. Puis la musique succéda au bruit de clef. L'air s'intitulait *Amapola*. C'était un air que Noodles avait déjà entendu et il avait appris à l'aimer, à le chérir, même.

A pas de loup, il entra dans les toilettes et, comme il en avait l'habitude, empila quelques caisses pour pouvoir regarder par la grille d'aération. D'abord, il ne vit rien puis ses yeux s'adaptèrent à la lumière. Malgré la musique, la pièce paraissait vide.

C'est alors que sa voix retentit, aiguisée, cuisante comme une flèche empoisonnée :

— Descends de là, cafard !

Surpris, Noodles sursauta et dégringola sur le sol au milieu d'un fatras de caisses de bois. Lorsqu'il rouvrit les yeux, elle était là, au-dessus de lui, les poings sur ses hanches qui ressemblaient encore à des hanches de garçonnet. Elle le regarda puis explosa de rire.

— Ce disque doit avoir des effets laxatifs. Chaque fois que je le mets, ça te fait courir aux cabinets.

Essayant de retrouver sa dignité en même temps que ses esprits, Noodles se releva et déblaya les caisses. Deborah avait disparu. Il la suivit dans la salle de restaurant. Elle lui jeta un regard par-dessus son épaule puis entra dans l'appartement. Cette fois, Noodles ne savait trop s'il devait la suivre. A l'inverse des autres filles, comme Peggy, Deborah l'impressionnait. Elle l'attirait comme un aimant tout en lui inspirant un respect mêlé de crainte. Il n'osa pas franchir le seuil du domaine privé et alla s'installer sur un tabouret de bar. Finalement, la jeune fille revint.

— Qu'est-ce que tu fais ? demanda-t-elle.

— Je voudrais une bière, répondit-il en lançant une pièce de cinq *cents* sur le zinc.

— Premièrement, la maison est fermée. Deuxièmement, je ne suis pas serveuse et troisièmement, les gens comme il faut ne sont pas en train de boire, ils sont à la synagogue.

— Ah oui ? Alors qu'est-ce que tu fais ici ?

Cette fois, Noodles était persuadé d'avoir marqué un point.

— Il faut bien que quelqu'un garde la maison, répondit Deborah hautaine. Avec tous les petits voleurs qui n'attendent que le moment du culte pour vous dévaliser !

— Surtout quand on laisse la porte ouverte...

C'était maintenant qu'il venait de marquer son point.

Il le comprit en voyant Deborah quitter précipitamment la pièce. Il entendit qu'elle levait le bras du gramophone. Lentement, il descendit de son tabouret et alla jusqu'à la porte. Elle l'attendait. Cela ne l'empêcha pas d'hésiter. Brusquement, elle déclara d'un ton abrupt :

— On peut très bien prier ici. C'est pareil qu'à la synagogue. Ce qui compte, c'est ce qu'on a au fond du cœur.

Elle se baissa vers une caisse à oranges qui servait de table et y prit un gros livre que Noodles identifia sans hésiter. C'était la Bible.

— Viens ici et assieds-toi, dit-elle.

C'était mi-invitation, mi-commandement. Quoi qu'il en fût, Noodles n'avait nulle envie de refuser ce qu'elle avait à lui proposer. Lorsqu'il fut assis sur le sol, elle ouvrit la bible et se mit à lire en le regardant par intermittence.

— Ecoute. *Mon bien-aimé est à la fois clair et coloré. Sa peau est comme l'or fin, ses joues sont comme un lit d'épices...*

Reposant le livre et regardant le cou de Noodles, elle ajouta :

— Bien qu'il ne se soit pas lavé depuis décembre dernier...

Plein de honte, Noodles détourna les yeux. Puis il commença à sentir un durcissement dans son pantalon. Il s'empourpra. Heureusement, Deborah s'était replongée dans sa lecture. D'une voix douce et mélodieuse, elle lisait. Pour lui !

— *Ses yeux sont comme les yeux des colombes, son corps éclatant comme l'ivoire, ses jambes semblent des piliers de marbre...*

Une nouvelle fois, elle s'interrompit et posa les yeux sur lui. C'était son entrejambe qu'elle regardait ; Noodles en était sûr.

— Mais dans un pantalon tellement sale qu'il doit tenir debout tout seul.

Sans lui laisser le temps de faire un geste ou de répondre quelque chose, elle reprit sa lecture :

— *Tout en lui inspire l'amour...*

Puis sa voix devint sarcastique et elle enchaîna :

— Mais il sera toujours un petit voyou de bas étage et il ne sera jamais mon amoureux. Il pourra essayer autant qu'il voudra, jamais il n'aura ce qu'il désire plus que toute autre chose au monde...

Elle s'était rapprochée de lui, il sentait l'intensité de sa voix et les tremblements de son corps enflammé. Il se leva brusquement, l'attira à lui et lui ferma la bouche à coups de baisers maladroits. Il sentait le cœur de Deborah qui battait et ses petits seins naissants qui se pressaient contre sa poitrine. Il crut un instant qu'ils allaient rouler sur le sol tous les deux. Mais elle redevint maîtresse d'elle-même. Elle se dégagea en disant :

— Il y a quelqu'un qui regarde. Là !

Noodles leva les yeux vers le plafond puis comprit qu'elle parlait de la grille d'aération. Il sortit de la pièce, entra en courant dans la salle de restaurant et ouvrit la porte des W.C.

L'endroit était parfaitement vide. Lorsqu'il ressortit, Deborah était près du bar. L'expression de son visage reflétait une certitude absolue : celle d'avoir de l'ascendant sur quelqu'un. Elle en avait fait l'expérience aujourd'hui et savait que cela marcherait toujours. Noodles l'aurait bien giflée de l'avoir fait marcher de la sorte mais il fut interrompu par un sifflement et une voix qui l'appelait de la ruelle.

— Il n'y avait personne, comment voulais-tu... ? lança-t-il à Deborah. Et tu le savais parfaitement !

Nouveau sifflement, puis la voix de Max :

— Noodles !

Comment avait-il fait pour le trouver ici ?

— C'est Max, dit-il.

— Tu vois, il nous espionne.

La voix s'éleva, plus insistante. Elle était juste derrière la porte, maintenant :

— Noodles !

Noodles hésita. Son regard alla de Deborah à la porte de l'appartement. Voulait-elle qu'il reste ? Et, s'il restait, voudrait-elle... ?

Il lui sembla qu'elle lisait dans ses pensées car d'un ton

fait de sarcasme et de défi, elle lui dit en le regardant droit dans les yeux :

— Allez, va, ta maman t'appelle. File avant qu'il ne t'arrive quelque chose...

— Je... je vais juste voir ce qu'il veut, balbutia Noodles. C'est peut-être important. Je reviens.

Dans la ruelle, Max, le pied posé sur une caisse retournée, cirait sa chaussure avec une feuille de journal.

— Alors ? demanda Noodles. Qu'est-ce qui arrive ?

— Ce qui arrive, ben c'est moi, répondit Max sans presque tourner la tête.

Il changea de pied et se remit à frotter.

— Pourquoi tu m'appelles et que tu me siffles ?

— Comme ça...

— Il y a longtemps que tu es là ?

— Pas très.

— Tu... tu es entré chez Gelly ?

Max jeta son papier, reposa le pied au sol et regarda Noodles d'un air railleur.

— Alors on joue les amoureux transis, dit-il. Non, ne te fâche pas... Je te suivais pour te rattraper et je me suis aperçu que tu collais au train de cette souris. Laisse-la tomber, Noodles. Avec elle, c'est les emmerdes garanties. C'est une allumeuse et rien d'autre.

Sentant qu'il allait sans doute un peu trop loin, Max changea de sujet. Il enleva sa casquette et sortit une liasse de sous le cuir intérieur. Il la tendit à Noodles.

— Voilà pour le coup d'hier soir. Quatre dollars pour la machine à écrire et six pour l'argenterie. Ce fumier de Lipshitz n'a pas voulu cracher plus. Quand il y a de la concurrence, on peut faire monter les prix. Seulement cette ordure sait qu'on ne peut pas s'adresser à un autre que lui. Tout ça parce que ce putain de Bugsy lui a donné le secteur. Hé, mais qu'est-ce qui te prend, Noodles ? Tu ne veux pas aller au fade ?

Noodles repartait vers la *delicatessen.*

— Si, mais demain avec les autres, répliqua-t-il, froissé.

— Mais attends une minute. Il y a autre chose. Je suis venu te prendre.

— Pas maintenant. Je ne suis pas disponible.

— Ecoute, bon Dieu, c'est important !

La voix de Max s'enflammait :

— Les maisons... les boutiques..., c'est vide, tout ça. Ils

sont tous à la synagogue. On n'a qu'à faire notre choix.

Noodles ne disait rien.

— Je te parle de choix, insista Max. Et c'est *ça* que tu choisis ? Ce n'est pas sérieux. Des comme ça tu en retrouveras à la pelle quand tu voudras.

Noodles s'arrêta. Il était douloureusement partagé. Car bien sûr, il avait envie de gagner de l'argent. Mais une autre forme d'envie le poussait à aller rejoindre Deborah. Seulement, de ce côté, il y avait un problème. L'attendait-elle vraiment ? Le désirait-elle autant que lui la désirait ? Elle avait dit qu'il n'aurait jamais ce qu'il voulait avec elle. Mais il savait que, malgré tout, elle en avait envie... Mais... Justement, il y avait ce « mais ».

Max l'interrompit dans ses délibérations intérieures.

— Ah ! tu parles d'un associé ! laissa-t-il tomber, un soupçon de mépris dans la voix. Allez, amuse-toi bien.

Et il s'en alla vers la rue. Noodles le regarda s'éloigner. C'est alors qu'il vit quatre gaillards musclés bloquer l'issue de la ruelle. Il ne les connaissait pas mais il ne tarda pas à comprendre avec l'arrivée d'un cinquième individu qu'il reconnut aussitôt. Deux hommes s'élancèrent dans la ruelle et dépassèrent Max tandis que deux autres barraient la sortie à l'aide d'une voiture de quatre-saisons. Max était de l'autre côté, libre de s'enfuir mais, résolument, il escalada l'obstacle et vint se ranger près de Noodles.

— J'ai l'impression qu'on est mal barrés, vieux. Je suis prêt à parier que ce malfoutu à la gueule de singe est le célèbre Bugsy.

— Tu as gagné.

— Vous aviez raison, il a bien l'air d'un dingue.

Les quatre frappes approchèrent. Au moment où Max ouvrait la lame de son couteau, ils sautèrent sur les deux adolescents et les immobilisèrent en leur tordant un bras dans le dos. Le couteau tomba sur le sol et un coup de pied l'envoya valser un peu plus loin.

Bugsy, à peine plus grand que les deux garçons mais beaucoup plus râblé, s'avança lentement en se dandinant d'une jambe sur l'autre. Sa bouche tordue par une ancienne blessure donnait à son rictus un aspect démoniaque. Il portait un costume à veston croisé et un chapeau mou au bord rabattu très bas sur le front. Un nœud de cravate démesuré donnait la touche finale à ce qu'il pensait être une tenue d'une rare élégance.

— Salut, Noodles. Ça fait une paye qu'on ne s'est pas vus. Tu me présentes à ton copain ? Non, tu ne veux pas ? Bon, alors je vais le faire moi-même.

De la main droite, le petit gangster fouilla dans sa poche intérieure et en tira un coup-de-poing en cuivre qu'il s'attacha sur les phalanges.

— Tu m'excuseras mais je garde mes gants.

Un coup vicieux s'abattit sur le visage de Max. Immédiatement, le sang se mit à ruisseler du nez et de la bouche du garçon.

— Je m'appelle Bugsy, dit le caïd du quartier. Et je suppose que toi, c'est Max, la vedette dont j'ai tellement entendu parler. Celui qui ne veut pas que le flic du coin se mêle de ses affaires, c'est bien ça ? On aurait sûrement beaucoup de choses intéressantes à se dire, mon cher Max mais, vois-tu, je me fatigue vite. Alors je crois que je vais laisser mes gars finir cette agréable conversation.

Il recula et adressa un signe aux quatre hommes de main qui passèrent des coups-de-poing identiques au sien. Avec une puissance et une précision d'experts, ils se relayèrent pour tabasser les deux garçons jusqu'à ce qu'ils s'écroulent dans la ruelle, le visage tuméfié et rouge de sang.

Ensuite, Bugsy se pencha sur Max et le palpa délicatement. Il finit par trouver ce qu'il cherchait : un rouleau de billets cachés à l'intérieur de la chemise. Il le prit, le compta et en sépara deux billets, qu'il laissa tomber sur le sol près de Max en déclarant :

— Les gamins de votre âge ne savent pas gérer le pognon. En plus, quand on en a trop dès le début, on prend vite de mauvaises habitudes. On se met à le claquer avec des filles, à picoler et Dieu sait quoi encore. J'espère que tu comprends bien de quoi il s'agit. C'est la part que doivent me remettre ceux qui travaillent pour moi. Ceux qui ne travaillent pas pour moi, je m'en fous, puisqu'ils ne travaillent pas du tout. Vous avez pigé, les gamins ? Le patron, c'est moi !

— Je n'aime pas les patrons, cracha Max entre ses lèvres boursouflées.

— On ne peut pas dire que tu sois un dégonflé, fiston, dit Bugsy. Seulement, ici c'est comme ça. Si tu n'aimes pas les patrons, il aurait mieux valu rester dans le Bronx.

— Ça aurait mieux valu pour toi aussi.

— Doucement, petit, tu vas me faire peur ! lança Bugsy

en décochant un coup de pied sauvage dans l'estomac de Max.

Il n'avait pas frappé pour rire. Max vomit tout ce qu'il avait dans le ventre en poussant des gémissements de douleur.

Bugsy fit signe à ses hommes de remettre la charrette en place et les quatre voyous s'éloignèrent en sa compagnie.

Max se releva lentement.

— Je le tuerai ! promit-il d'une voix chargée de haine. Un jour, je trouverai une occasion et je sauterai dessus. J'espère que je pourrai faire ça lentement pour qu'il se rende bien compte de ce qui arrive et de qui lui fait. Je te jure qu'à la première occasion, je ne le loupe pas !

— Ouais, mais pour le coup, c'est lui qui ne nous a pas loupés. Je ne sais pas comment tu te sens mais moi, ça ne va pas fort.

— Tu sais, Noodles, si tu veux toujours travailler pour lui, vas-y. Je resterai seul. Tu peux dire la même chose aux autres.

— Pas question, répliqua Noodles en s'approchant de son ami. Je ne pourrai plus jamais me sentir bien en bossant pour ce salaud. En plus, mon grand-père disait toujours : « Fais de grands pas. On avance plus vite et on use moins les semelles de ses souliers. »

Il essaya de se lever mais ses jambes refusèrent de le porter. Il s'effondra sur le pavé.

— Merde ! jura-t-il. Ça fait mal partout. Même à des endroits où je n'aurais jamais cru qu'on puisse avoir mal !

— Tu ne peux pas marcher ? demanda Max. Moi je peux.

— Non, je ne crois pas, dit Noodles.

Se relevant à grand-peine, Max lui tendit la main.

— Appuie-toi sur moi. Je vais te ramener.

Noodles secoua la tête.

— Pas dans cet état. Ma mère serait capable de faire un arrêt cardiaque. Si elle ne s'écroule pas, elle va piquer une crise terrible et m'arranger encore pire.

— Je comprends. Moi aussi, c'est pareil.

— Attends, dit Noodles. J'ai une idée.

En s'aidant des coudes et des genoux, il rampa comme il put jusqu'à la porte latérale de « Chez Gelly ». Mais au moment où il posait la main sur le battant pour l'ouvrir, il entendit la clef tourner à l'intérieur.

— Deborah... c'est... c'est moi... Noodles. Ouvre, s'il te plaît... Il faut ouvrir... On a besoin de toi !

De l'autre côté, le visage de la jeune fille était désolé mais également livide de terreur. Elle alla se réfugier dans la pièce voisine et remonta son gramophone.

Chapitre VIII

Lower Manhattan est une île en forme de grosse galette d'où s'élancent de grands et fins buildings, sentinelles majestueuses dressées contre des envahisseurs venus d'un autre monde. Sa découpe sur le fond du ciel compte certainement parmi les vues les plus fascinantes du globe. A une extrémité de la galette, deux fleuves convergent et vont se déverser dans l'Océan en baignant au passage les côtes de Brooklyn. Trois ponts, monuments métalliques aux structures zigzaguant selon d'infinies variations, enjambent l'East River et semblent suspendus comme par miracle au-dessus de l'eau. Ces ponts superbes ont valeur d'œuvres d'art autant que de nécessités pratiques pour le transport et le commerce. Lorsqu'on y passe, le panorama sur Manhattan est presque une expérience mystique.

Mais qui examine de plus près le front de mer découvrira non loin des navires apportant leurs denrées de tous les coins de la Terre, la rouille, les ruines, la dégradation. Le front de mer, c'est aussi cela : des taudis qui semblent des constructions lilliputiennes au pied des gratte-ciel commerciaux. Et ces taudis s'étendent jusqu'au bord de l'eau.

Sur l'autre rive de l'East River, dans Brooklyn, le délabrement est pire encore, les taudis plus sordides. Mais la vue est meilleure. De Manhattan, en effet, on ne peut voir que la platitude de Brooklyn alors que de Brooklyn, il suffit de lever la tête pour découvrir les gratte-ciel, symboles illusoires peut-être, mais symboles tout de même d'une vie meilleure quelque part.

Mais les hommes qui travaillent à Brooklyn lèvent rarement les yeux pour regarder la « cité ». Dans les usines, ils se concentrent sur leurs machines, rendant grâce au ciel d'avoir un travail et un salaire qui leur permet bon an mal an de nourrir leur famille. Une voiture s'arrêta devant l'une de ces bâtisses industrielles. C'était une imprimerie. Un homme corpulent nommé Al mit pied à terre. Al, en costume et cravate, n'était pas habillé comme un ouvrier. En fait, ce n'était pas un ouvrier, c'était le patron de l'imprimerie. Et l'imprimerie, avec ses énormes rotatives, n'était pas seulement une imprimerie. Al était à la tête de deux affaires très différentes dont la seconde lui rapportait beaucoup plus que la première.

Il gravit un escalier et traversa les ateliers sales sans prêter aucune attention au grondement continu des machines et aux saluts silencieux des travailleurs. Al leva les yeux vers une passerelle à partir de laquelle le contremaître supervisait le travail.

— Ce truc pour le *Globe,* c'est fait ? cria-t-il pour se faire entendre dans le charivari.

— Ça vient de partir, répondit le contremaître en plaçant ses mains en porte-voix autour de sa bouche.

Al hocha la tête, satisfait de constater que l'emploi du temps était respecté. Puis il s'approcha d'une armoire dressée contre un mur et ouvrit la porte. Un témoin non averti aurait pu penser qu'il allait accrocher son pardessus mais il entra dans l'armoire et referma derrière lui. Il emprunta un petit escalier métallique qui descendait vers d'autres installations, celles de sa seconde affaire. Les locaux étaient occupés par des cuves, des alambics, des cornues, des embouteilleuses, des tubes de toutes tailles serpentant comme de gros ressorts. Il y avait également des cartons d'emballage, des bouteilles vides et d'autres pleines et étiquetées. Al et ses frères faisaient aussi dans la fabrication, la mise en bouteilles et la distribution des boissons alcoolisées interdites par la loi Volstead.

Une trappe ouverte au centre de la vaste pièce permettait de voir les eaux du fleuve. Le système était sûr pour transporter les alcools du lieu de fabrication aux lieux d'écoulement de Manhattan. Plusieurs hommes couverts de sueur étaient en train de charger des caisses dans un bateau à moteur qui tanguait sur les flots en contrebas. C'était la marchandise pour le *Globe* au sujet de laquelle Al venait de s'informer.

Un peu plus loin se trouvaient Freddie et Gianni, très impressionnants avec leurs costumes noirs et leurs doigts chargés de bagues de diamant. Al alla les rejoindre, à la fois surpris et contrarié de les voir plongés dans une conversation avec un groupe de gamins. Al les passa en revue. Ils étaient visiblement jeunes mais avaient un petit quelque chose trahissant une maturité précoce, voire un côté ficelle. Quatre d'entre eux ne devaient pas être loin de l'âge où, en cas d'arrestation, ils ne seraient plus envoyés devant un tribunal pour enfants.

— Qu'est-ce qui se passe ici ? On a transformé la maison en jardin d'enfants ?

Les têtes se tournèrent vers Al. Freddie sourit et adressa un clin d'œil discret à son frère aîné.

— Chut, Al ! Tu vois bien qu'on est en train de parler affaires avec ces messieurs.

Gianni intervint :

— C'est du sérieux, Al. A ton avis, qu'est-ce qu'on fait ? On leur propose des postes de butteurs ?

Max, qui était le plus âgé et le plus sûr de lui, prit le rôle de porte-parole de la bande. Il se tourna vers Al :

— D'accord. On est capables de faire la même chose que Bugsy. On veut son travail.

Freddie éclata de rire :

— Regarde-moi un peu ce môme, Al. Il fait bien son numéro, hein ?

Voulant montrer qu'il faisait partie de la famille, Dominic se fabriqua un bel accent d'immigré italien et prit la relève de Max :

— Ma parolé, Capuano, avé nous tou auras la meliore protezione dé touté ta vie !

La réponse tomba comme un couperet :

— Foutez-moi le camp, les mioches. Je n'ai pas de temps à perdre avec des morpions comme vous. Si vous avez envie de protéger quelque chose, allez protéger le cul de vos mères pendant qu'elles font le trottoir.

Bruyante hilarité des trois frères italiens.

— Allez, les gars, on se tire, décida Max. On va proposer l'invention de Noodles à quelqu'un d'autre.

— Attends, Al, suggéra Freddie. Ecoutons un peu ce que ces jeunes gens ont à nous proposer. Seulement s'ils se foutent de notre poire, cette fois, pas de cadeau, on les balance dans la rivière !

Al réfléchit une seconde puis se tourna vers Max :

— O.K., baigneur, raconte ton histoire. Et tâche qu'elle soit bonne, sinon tu vas prendre ton premier bain depuis au moins un mois.

Max n'entendit même pas la menace. Il sauta sur l'occasion inespérée et commença :

— Vous transportez bien votre marchandise par le fleuve ?

— Evidemment. Enfin, une grande partie. Tu n'as pas remarqué ce qui coulait sous tes pieds ?

— Et quand vous vous faites arrêter par la douane ou les gardes-côtes, vous balancez les caisses par-dessus bord ?

Dominic s'immisça :

— Cé qui veut diré qué vous perdez tout votré sarzément.

— Arrête ton cirque, toi ! ordonna Al.

Puis à Max :

— Il te reste une demi-minute, gamin.

Noodles prit la parole :

— On vous récupère tout, moyennant 10 %.

— Comment ? s'enquit Gianni en étouffant un gloussement amusé. Vous avez des sous-marins ?

— Non, répondit Dominic en croisant les bras avec un air supérieur, on a du sel.

— De quoi ? fit Freddie.

Il voyait que Al perdait patience et lorsque Al perdait patience, aucun de ses deux frères ne se sentait très à son aise.

— Alors, insista-t-il. Grouillez-vous ! Qu'est-ce que c'est que cette salade ?

— Le sel, ça nous connaît, exposa Patsy qui n'avait pas encore ouvert la bouche. On est des vieux loups de mer.

— Dans deux minutes, ce sera des rats d'égout que vous serez ! lança Al avec un grognement de chien prêt à mordre.

— Il nous faudra à peu près trois tonnes de sel pour récupérer une cargaison, précisa Cockeye.

Al commençait à sentir la moutarde lui monter au nez :

— Ma parole ! aboya-t-il. Ces petits cons se paient notre gueule !

Freddie semblait très inquiet. Il savait que Al allait lui

en vouloir d'avoir simplement adressé la parole à cette bande de petits morveux.

— Mais qu'est-ce que vous comptez faire avec ces wagons de sel ? demanda-t-il.

Un sourire triomphant fleurit sur les lèvres de Max. Il désigna Noodles et dit :

— Vas-y, vieux frère. Fais-leur voir.

Noodles ouvrit une vieille boîte à stylo et en sortit une caisse miniature rattachée à un petit sac et à un morceau de liège. Il passa en revue les visages fermés des trois frères puis tapota le sac en expliquant :

— Il est rempli de sel.

— Et toi, fit Al en s'avançant, l'air menaçant, de quoi tu es rempli ? De merde ?

Sans perdre son sang-froid, Noodles s'approcha d'une cuve d'eau et y laissa tomber son modèle réduit qui coula au fond. Les frères Capuano commençaient à être intrigués. Ils approchèrent aussi et regardèrent.

— Et alors ? demanda Al.

— Patience, Capuano.

— Ouais, dit Noodles. Maintenant, il faut attendre que le sel soit dissous.

***

Des nappes de brume s'étiraient en longs rubans au-dessus du confluent. On distinguait à peine les lueurs de l'aube. Alentour, des cornes de brume aux voix caverneuses se meuglaient des messages compréhensibles d'elles seules. Quelques lumières scintillaient faiblement du côté de la ville mais sur l'eau, on ne distinguait pratiquement rien.

Deux barques avançaient de front, ballottées par les vagues. Dans l'une d'elles se trouvaient Max et Noodles. L'autre était occupée par Patsy, Cockeye et Dominic. Les cinq garçons s'usaient les yeux à scruter les eaux sombres de l'East River à un endroit très justement baptisé the Narrows [1]. Les nappes d'huile et de mazout laissées par le passage des navires ne leur facilitaient pas la tâche.

Ils étaient très nerveux, ce matin-là. D'abord, ils n'étaient pas habitués à la navigation. Ensuite, ils n'avaient réalisé leur expérience que dans des bassines et craignaient que les

1. Le pertuis.

remous des nombreuses hélices qui passaient par là ne viennent perturber la réaction. Est-ce pour cette raison que Cockeye sortit sa flûte de sa manche et attaqua son petit air enjoué ?

Est-ce charmé par le petit air qu'un ballon rouge émergea soudain à quelques mètres de l'endroit où ils étaient ancrés ? Difficile à dire. Patsy fut le premier à l'apercevoir et sa découverte donna lieu à une explosion de joie qui couvrit momentanément le bruit des cornes de brume :

— Regardez, les gars ! Mais regardez ! hurla Patsy. En voilà un !

Puis un ballon jaune fit irruption sur les flots d'encre.

Dominic le repéra et hurla encore plus fort que Patsy :

— Là ! Un autre !

Brusquement, une multitude de ballons colorés apparut à la surface autour des deux barques. Les rugissements effrayèrent les quelques mouettes qui s'étaient approchées par erreur, prenant les embarcations pour des bateaux de pêcheurs.

Enlacés dans leur barque instable, Max et Noodles exécutèrent une danse folle dans laquelle se dégageait toute la tension de l'attente inquiète mais aussi la joie de la réussite et de la découverte de leur puissance toute neuve. Naturellement, ils n'avaient pas prévu la réaction de leur bateau à ce déferlement exubérant. Quelques secondes plus tard, ils étaient tous les deux passés par-dessus bord et avaient rejoint leurs précieux ballons.

Noodles fit surface le premier et chercha Max du regard. Emporté par le courant rapide, il s'était déjà beaucoup éloigné de la barque. Dans l'autre, ses trois copains s'affairaient à saisir les ballons repères puis à remonter les caisses. Personne n'avait remarqué la disparition.

Noodles se hissa dans sa barque. Toujours pas de Max. D'un œil de plus en plus anxieux, il se mit à balayer méthodiquement les eaux environnantes.

— Max ! Max !

Aucune réponse. Noodles enleva ses chaussures et replongea dans la rivière glacée. Il passa sous la barque puis sous les caisses qui remontaient avec leur ballon. Il vit des ordures, des détritus de toute sorte, encore des caisses, le fond de leur bateau, celui de l'autre bateau mais rien qui ressemblât à Max.

Au bout d'un long moment, ses poumons privés d'air

commencèrent à le brûler. Il revint en surface, haletant, épuisé. Il crut un instant qu'il allait être emporté par le courant et tenta d'appeler à l'aide sans y parvenir. Puis, finalement, il réussit à trouver une prise sur un bord de la barque et c'est là qu'il vit le visage de Max, penché pardessus le plat-bord, qui le regardait avec un grand sourire moqueur.

— Eh bien, on en trouve des trucs bizarres dans cette flotte! Qu'est-ce qui t'arrive mon vieux Noodles ? Tu as perdu quelque chose ?

— Espèce de salopard !

— Ça c'est bien vrai, mais qu'est-ce que tu ferais si tu ne m'avais pas ?

En guise de réponse, Noodles replongea la tête sous la surface et émergea en crachant un grand jet d'eau grasse à la figure de Max.

A 4 heures du matin, la gare était l'image même de la désolation. Un simple cri poussé par quelqu'un aurait résonné à l'infini dans les halls caverneux dallés de marbre, se serait répercuté le long des couloirs souterrains puis, après des dizaines d'échos, serait mort sans jamais trouver de réponse. Les trains dont les machines semblaient ne jamais prendre de repos étaient silencieux, endormis en attendant le point du jour et la ruée des voyageurs. Les travailleurs, eux aussi, se remettaient des fatigues de leur journée. Tous les utilisateurs, sachant bien que le lendemain, la gare et les trains seraient présents à l'appel, sommeillaient chez eux, sans inquiétude.

L'heure était idéale pour les trafics interlopes et les activités criminelles. C'est pourquoi les cinq jeunes hommes groupés autour d'un compartiment de consigne ne craignaient pas d'être dérangés. Vêtus de beaux pardessus neufs, chaussés de souliers brillants, les mains protégées par des gants de chevreau, d'élégants chapeaux étrangement perchés sur leurs têtes encore mal habituées à ce genre d'ornement, ils avaient réuni leurs mains sur une valise d'osier pour sceller un pacte solennel.

Sur une voie lointaine, un train toussa à deux ou trois reprises puis s'ébranla lentement selon un rythme soutenu mais progressif qui décrut ensuite puis s'éteignit dans le silence. Tout en parlant, Max retenait la valise de sa main libre. Il avait les intonations d'un ordonnateur de pompes funèbres.

— Nous fondons aujourd'hui le fonds commun de la bande. Il nous appartient à tous collectivement mais à personne en particulier. Et nous jurons solennellement d'y déposer 50 % de tout ce que nous gagnons, le reste étant réparti de façon égale entre tous les membre. D'accord ?

— D'accord, répondirent les autres comme une seule voix.

Ils écartèrent les mains de la valise que Max commença à introduire dans le compartiment de consigne. Mais Dominic l'arrêta avant qu'il ait achevé ses manipulations.

— Euh... Max, je voudrais encore jeter un coup d'œil.

Max haussa les épaules puis, du regard, interrogea les autres. Ils acquiescèrent en silence. Max ouvrit le couvercle et, à tour de rôle, tous les membres vinrent plonger leurs regards dans la valise. Les billets verts étaient soigneusement rassemblés en liasses bien rangées. La somme était déjà considérable mais il restait encore de la place dans la valise.

Dominic laissa échapper un soupir. Max rabattit le couvercle, fit claquer les fermetures, plaça la valise dans son caisson puis verrouilla la porte. Ensuite, il sortit la clef de la serrure et la montra à l'assemblée.

— Celle-là va chez Fat Moe, dit-il. Mais on ne lui dit pas à quoi elle sert. Il ne peut nous la rendre que quand on est tous ensemble ou s'il sait qu'on est tous morts sauf un. Alors, c'est à celui-là qu'il la donne. D'accord ?

De nouveau, ils approuvèrent. Max empocha la clef et les Cinq Mousquetaires quittèrent la gare d'un pas martial, prêts à ne faire qu'une bouchée de tout ce qui se dresserait en travers de leur route.

Or le premier obstacle qui se dressa sur leur route les attendait à quelques centaines de mètres de la gare. Gais comme des pinsons, les cinq compagnons marchaient dans la nuit, bien engoncés dans leurs manteaux pour se protéger des morsures de l'hiver. Pour se réchauffer, Dominic se mit à faire des claquettes, ce qui l'amena à prendre une belle avance sur le reste du groupe. En passant le coin d'une rue, il fit immédiatement demi-tour et sa joyeuse danse se changea en une course folle pour aller rejoindre ses amis.

— Foutez le camp ! hurla-t-il. Bugsy rapplique !

Un coup de feu claqua, puis un autre. Les jeunes gens se dispersèrent pour se mettre à l'abri. Noodles se jeta derrière une voiture en stationnement. Lorsqu'il se retourna pour regarder ce qu'étaient devenus les autres, il vit Dominic glisser de plusieurs mètres sur le pavé verglacé, comme un skieur ayant perdu le contrôle de sa descente, puis s'écrouler près de la voiture, une expression de surprise et d'incrédulité au fond de ses yeux de gamin. Sur un ton d'excuse, comme pour se faire pardonner, il dit :

— J'ai glissé, Noodles.

Lorsque Noodles voulut répondre, Dominic était mort.

Planté au milieu de la chaussée, un gros revolver à la main, Bugsy surveillait les parages. Ne distinguant personne, il risqua quelques pas en avant.

Comme un chat, Noodles bondit de sa cachette, le couteau ouvert et prêt à entrer en action. Pris au dépourvu, Bugsy tira et rata son coup. Noodles ne lui laissa pas le temps de réutiliser son arme. Il était sur lui et lui plongea la lame dans le ventre puis, d'un geste sanguinaire, la fit remonter vers la poitrine. Il arracha son arme du corps ensanglanté, puis avec acharnement se remit à frapper et à frapper en poussant des rugissements de chagrin et de rage.

Au moment où Max sortit de sa cachette et accourut à la rescousse, deux policiers montés arrivèrent dans la rue, matraque à la main. L'un d'eux chargea Noodles et lui assena sur la tête un violent coup qui le déséquilibra.

— Salaud ! Fumier ! hurla-t-il en tombant.

Le flic mit pied à terre et l'empoigna par ses vêtements.

Les yeux pleins du sang qui coulait de sa blessure, Noodles se releva et frappa furieusement à l'aveuglette. Pétrifié, Max vit la lame s'enfoncer dans la poitrine du flic. Son collègue prit Noodles par-derrière et d'un coup titanesque, l'étendit pour le compte.

***

Le procès fut court, la condamnation longue, mais moins longue, toutefois, qu'elle n'aurait pu l'être. Le jour où Noodles fut placé sous la bienveillante responsabilité de l'Etat, Max, Patsy et Cockeye étaient là, tels des brebis égarées, devant les murailles grises de la prison. Un fourgon cellulaire s'arrêta à l'entrée, attendit l'ouverture des portes puis entra lentement.

Entre deux gardes, les menottes aux poignets, Noodles vit ses amis et sauta en l'air pour leur adresser un petit signe. Essoufflé comme toujours, Fat Moe venait d'arriver, espérant qu'il n'était pas trop tard pour voir Noodles une dernière fois. Le fourgon s'arrêta de nouveau dans la cour de la prison. Immobiles, presque hébétés, les quatre jeunes hommes regardèrent les murs froids et le porche massif qui soutenait la grille d'accès. Par la petite fenêtre du fourgon Noodles lança un ultime coup d'œil à ses amis et à ce monde qu'il s'était juré de conquérir. Puis il entendit le claquement métallique d'un loquet.

CHAPITRE IX

1968

Les grilles du cimetière s'ouvrirent pour révéler des pelouses tenues avec un soin méticuleux. Derrière les pelouses, pierres tombales et monuments funéraires s'alignaient à perte de vue. Noodles remonta les allées jusqu'à la sépulture qu'il pensait être la bonne. Sous une étoile de David étincelante, visiblement astiquée de fraîche date, une plaque de cuivre portait une citation biblique :

Tes hommes tomberont sous le glaive,
Tes héros périront au combat.

Isaïe, 3 : 25.

De lourdes portes de bronze donnaient accès à l'intérieur de l'édifice. Les murs de marbre étaient bordés de buissons verts, eux-mêmes entourés de vastes parterres de fleurs. Des arbres élancés, imperceptiblement animés par une légère brise, l'agencement parfait des constructions et des pelouses donnaient aux lieux une atmosphère de paix et de sérénité. Un endroit agréable, comme l'avait dit le rabbin. C'était incontestable, mais cela valait-il la peine de mourir pour autant ?

Un jardinier se tenait respectueusement à quelques pas de Noodles. L'homme, âgé, avait des cheveux blancs et la peau boucanée de ceux qui passent une grande partie de leur temps à travailler dehors.

— Vous voulez entrer ? demanda-t-il.

Noodles hocha la tête.

— Vous êtes un parent ? s'enquit l'homme.

— Oui, un oncle, répondit Noodles en lui glissant un billet dans la main.

L'argent disparut au fond d'une grande poche et le jardinier ouvrit les portes de bronze. Noodles les poussa, hésitant, entra, fit un pas et s'arrêta net. Il y avait de la musique dans la tombe. Il n'avait pas entendu cet air depuis des années, trente-cinq ans, pour être précis. C'était le refrain guilleret que Cockeye jouait si souvent sur sa flûte. Levant les yeux vers le plafond, il vit deux haut-parleurs et comprit. La musique était enregistrée et passait automatiquement quand on ouvrait les portes. Mais cette découverte ne changea rien à son sentiment : on l'avait attiré là, on le surveillait, on le manipulait.

Les murs intérieurs, de marbre gris brillant comme un miroir, étaient sobres et élégants. Trois noms et trois dates y étaient gravés dans le bronze :

MAXIMILIAN BERCOVICZ	1908-1933
PATRICK GOLDBERG	1909-1933
PHILIP STEIN	1909-1933

De plus en plus troublé mais hypnotisé par les noms, Noodles continua d'avancer. Au-dessus de sa tête, les haut-parleurs diffusaient inlassablement le même thème. Bientôt, son malaise fut tel qu'il alla fermer les portes pour faire taire la musique. C'est alors que son regard tomba sur une petite plaque fixée à l'écart comme par le fait d'une réflexion après coup. Elle aussi portait une inscription :

A leur mémoire impérissable,
Leur ami et frère David Aaronson-Noodles.
1967.

Noodles pâlit. Les yeux fixés sur la plaque, il la relut plusieurs fois pour s'assurer qu'il n'était pas victime d'une hallucination. Il était au bord du malaise lorsqu'il entendit un faible tintement, semblable à celui d'un mobile ultra-léger déplacé par un courant d'air discret. Approchant de la plaque, il décela l'origine du bruit : un objet accroché au d de Noodles.

Il tendit la main, le palpa puis finalement, le prit. C'était une petite clef de laiton portant un numéro. A l'évidence, celui d'une consigne de gare.

∴

C'était la même gare, bien sûr, sinon comment aurait-il su par où commencer ses recherches ? Sa mémoire n'était pas assez bonne pour lui dire s'il s'agissait aussi du même compartiment de consigne, mais cela ne l'aurait pas étonné outre mesure. Les lieux étaient à peu près identiques. Il y avait l'éclairage au néon, maintenant, et les affiches publicitaires n'étaient pas les mêmes mais l'ensemble n'avait guère changé. Une chose dont Noodles était sûr, c'est que cela sentait plus mauvais qu'avant. Les vagabonds étaient différents, jeunes, avec des cheveux longs ; beaucoup étaient visiblement drogués. Ils étaient aussi plus nombreux.

Noodles glissa la clef dans la serrure et ouvrit la porte en reculant vivement, comme s'il craignait l'explosion d'une bombe. Mais rien. Le compartiment de consigne ne contenait qu'une vieille valise d'osier. Hormis le bruit des trains qui passaient en trombe à l'extérieur, un silence irréel régnait dans la gare. Noodles souleva le couvercle de la valise.

Elle était pleine de liasses, assemblées à l'aide de bandes de papier et soigneusement rangées. L'une des bandes portait un message dactylographié :

Acompte sur ton prochain travail.

Noodles referma lentement le couvercle et sortit, la valise à la main. Les rues semblaient désertes. Apparemment, pas âme qui vive et, pourtant, il faisait encore jour. C'était un quartier où il valait mieux ne pas se promener seul à la nuit tombée, surtout avec une valise contenant environ un million de dollars. Les piliers du métro aérien ressemblaient à des arbres derrière lesquels une foule de bêtes féroces guettaient, prêtes à bondir. Un vrai coupe-gorge, songeait Noodles.

Un taxi passa. Il fit un signe mais le chauffeur accéléra. A mesure qu'il marchait, il sentait l'agitation, la nervosité lui réchauffer le corps. Il commença à transpirer. Les jointures de sa main, crispée sur la poignée, étaient exsangues. Il s'emplit les poumons d'une bouffée d'air dont il avait grand besoin. Soudain, un sifflement dans son dos. En se retournant, Noodles était prêt à tout. A tout sauf à voir arriver sur lui un petit disque volant de plastique lancé par une main invisible. Il baissa la tête. Le projectile lui rasa les cheveux et poursuivit sa course. L'apparition de cet engin et son mouvement immatériel le terrifièrent plus qu'un véritable danger. Il se mit à courir.

Des mains surgissaient de partout.

Et des barreaux. Les poutrelles métalliques du métro aérien se transformaient en barreaux. Des barreaux de prison.

Chapitre X

1932

Noodles sentit une main lui effleurer le poignet. Elle s'empara de sa valise. Les portes de la prison se refermèrent dans son dos.

— Max !

C'était Max qui venait de le débarrasser de sa valise.

— Noodles !

Ils se regardèrent un long moment, notant les différences. Six ans... Cela faisait un bail.

Les deux jeunes gens avaient mûri mais c'était Max qui avait le plus changé. Plastronnant dans un costume tape-à-l'œil, il tirait allégrement sur un cigare d'un diamètre considérable. Noodles, lui, portait le même manteau ordinaire et une chemise qui n'était pas tout à fait à sa taille.

Max souleva son chapeau mou et exécuta une courbette stylée.

— Si monsieur veut bien me suivre, proposa-t-il, le sourire aux lèvres.

Noodles était encore trop remué pour répondre. Il suivit Max qui traversa la rue et se dirigea vers un somptueux corbillard noir. C'est alors qu'il reprit ses esprits, éclata de rire et saisit le bras de son ami. Dans le même mouvement, Max posa la valise et se retourna vers lui. Ils avaient envie de s'embrasser mais restèrent face à face, un peu gauches, gênés par la violence de ce qu'ils ressentaient. Ce fut Max qui rompit le silence :

— Alors, vieille branche ! Tu n'as pas l'air en si mauvaise forme ! Au moins, je vois qu'ils ne t'ont pas laissé crever de faim.

— Et toi, tu n'as pas l'air de t'embêter, dis donc !

Max pirouetta sur lui-même, ravi de cette occasion de faire le clown pour dissimuler son émotion.

— Qu'est-ce que t'en dis ? demanda-t-il. C'est pas du chiqué, hein ? Les nanas tirent la langue rien qu'en me voyant.

Puis il jeta son cigare à demi fumé, tira un journal de sa poche et l'étala page par page jusqu'à la portière du corbillard, comme un tapis rouge déroulé pour la venue d'une personnalité.

Voyant un cercueil ouvert derrière les rideaux de velours noir qui ornaient les fenêtres, Noodles hésita.

— Le carrosse vous attend, monsieur, dit Max d'un ton obséquieux.

— Ha ! ha ! fit Noodles, un seul voyage pour le ramassage et la livraison, c'est ça ?

— Exact. L'entreprise de pompes funèbres est à nous. C'est une bonne façade et, en plus, ça paie. D'ailleurs, tu peux me croire, tout ce que je fais paie un maximum.

— Ma mère m'a écrit que tu t'étais mis à détrousser les macchabées, dit Noodles.

Il marqua une courte pause et ajouta d'une voix presque inaudible :

— Elle m'a aussi parlé de tout ce que tu avais fait pour elle et pour la famille.

Glissant la valise de Noodles derrière le siège du conducteur, Max répondit :

— Arrête ton cirque, je l'ai fait avec ton pognon. Et tout est inscrit noir sur blanc dans la comptabilité de la maison.

Puis désignant du doigt la carrosserie du corbillard:

— Qu'est-ce que tu penses de notre slogan ? *Pourquoi continuer à vivre puisque nous pouvons vous enterrer pour $ 49,50 ? Bercovicz & Compagnie*. Pas mal, non ? La « compagnie », c'est toi, Patsy et Cockeye, ordonnateurs, fossoyeurs et associés à part entière.

Sans laisser à Noodles le temps de répondre, Max ouvrit les porte arrière du véhicule.

— En route ! lança-t-il. On a un boulot urgent. Les affaires d'abord, la rigolade après !

Montant dans le corbillard, il fit signe à Noodles de

l'imiter puis indiqua le cercueil dans lequel se trouvait le corps d'une jolie fille couverte jusqu'au menton par un linceul violet.

— Un très sale truc. Dix-neuf ans à peine.

Rabattant le linceul, Max montra que le cadavre était nu. Deux seins fermes aux pointes dressées semblaient se tendre vers les jeunes gens.

— Dommage, soupira Noodles. Même en viande froide, elle est encore appétissante.

Max hocha la tête et approuva d'un ton fataliste :

— Tu peux le dire, vieux. Ça a été un vrai plaisir de la préparer. Ce n'est pas souvent qu'on reçoit des clientes comme celle-là.

— Et elle est morte de quoi ?

— D'une overdose, répondit gravement Max.

A cet instant, le cadavre ouvrit brusquement les yeux. Une main jaillit du cercueil et s'accrocha à l'entrejambe de Noodles.

— Parée pour encaisser une overdose d'un autre genre, annonça la fille.

Max se mit à taper du pied en gloussant comme un gamin joyeux de sa bonne farce.

— Allez, Noodles ! s'exclama-t-il d'une voix surexcitée. Ranime-la. Infuse-lui un peu de vie ! Tu n'as pas viré tapette en cabane, au moins ?

En guise de réponse, Noodles commença à se déshabiller. Max n'avait pas encore refermé la porte du corbillard qu'il se jetait déjà sur la fille avec un grognement de plaisir. Hilare, Max alla s'installer derrière le volant. Un homme qui marchait sur le trottoir s'arrêta, médusé, et regarda d'un œil rond les membres enchevêtrés qui dépassaient du cercueil. Max baissa sa vitre et expliqua :

— Pas d'affolement ! Ils se retournent dans leur tombe, c'est tout. Personne n'y croit mais ça arrive tout le temps.

Et il démarra au nez du badaud éberlué.

La nuit était tombée lorsque le corbillard atteignit sa destination. La vieille façade de « Chez Gelly » était refaite. Les temps avaient changé, la direction aussi. Au-dessus de la porte, on pouvait désormais lire : « Chez Fat Moe ». Les vitres, briquées comme des boutons de capotes militaires, étincelaient à la clarté des réverbères. A l'intérieur, tout paraissait sombre.

La rue était calme. Max fit halte, mit pied à terre et

contourna le corbillard pour ouvrir les portes arrière. Il trouva un Noodles rayonnant, assis sur la banquette. La fille avait revêtu une robe moulante qui soulignait ses formes sensuelles. Elle sortit d'un pas mal assuré, visiblement secouée par l'expérience qu'elle venait de vivre, et se tourna vers Max :

— Tu peux être rassuré, déclara-t-elle d'une petite voix. Ton ami n'est pas devenu tapette.

Max lui sourit :

— Avec une palombe comme toi, il n'y avait pas grand risque. Tiens, tu es une bonne fille.

Il lui tendit une poignée de billets puis proposa :

— Est-ce que ça te dit d'entrer avec nous ? Je t'offre un petit coup.

— Non merci, répondit la fille. Ma contenance est limitée et j'ai eu mon compte pour ce soir.

Le corps encore secoué de tremblements, elle s'éloigna dans l'obscurité.

Toujours radieux, Noodles sortit un peigne de poche et se recoiffa. Puis il regarda autour de lui. D'abord, un coup d'œil à la rue, puis un autre à l'établissement qui avait été une *delicatessen.*

— On a appelé ça « Chez Fat Moe » mais c'est à nous que ça appartient, révéla Max. Le gros nous sert de façade. Faut bien trouver des trucs quand on a du fric à dépenser et qu'on ne veut pas que ça se sache, tu comprends. On a pris la succession de Gelly en 29. Comme ça on est restés dans le quartier. C'est plus sûr. Ici, on connaît nos amis. Pas bête, hein ?

Ils arrivaient à la fenêtre de la salle. A première vue, Noodles remarqua peu de nouveautés : deux tables de billard et une vitrine derrière laquelle étaient disposés des paquets de cigarettes. Presque toutes les lampes étaient éteintes. La clientèle était partie. Noodles aperçut un cuisinier en train de nettoyer ses ustensiles et un serveur qui empilait les chaises pour pouvoir balayer.

— Ça n'a pas beaucoup bougé, observa-t-il. Le quartier non plus. On dirait que rien n'a changé depuis six ans.

— Erreur, vieux, grosse erreur.

Max lui prit le bras et l'entraîna vers la ruelle latérale.

— Où on va ? demanda Noodles, intrigué.

— Du côté où ça ne ferme pas, tu vas voir !

La première chose qui frappa Noodles fut le nombre de

voitures. Certaines étaient garées, d'autres arrivaient, d'autres encore sortaient d'un garage à l'extrémité de la ruelle. Un flot incessant de personnes élégantes montait et descendait l'escalier bordé de fer forgé.

— Mais où ils vont ? questionna Noodles.

— Chez nous, répondit Max, le visage fendu par un immense sourire. On a une des boîtes les plus courues de la ville. Les gens chics viennent ici prendre leur bain de bas quartier. Mais il faut voir le pognon qu'ils claquent !

A l'intérieur, Noodles se sentit poussé dans un monte-charge. Lorsque les portes s'ouvrirent, il fut assailli par un tumulte de jazz et de voix qui hurlaient pour se faire entendre... Lumières éclatantes de multiples couleurs, gens habillés avec style, l'endroit qui avait servi d'entrepôt à une vieille *delicatessen* était devenu un cabaret clandestin pour le beau monde.

Des couples dansaient. On criait, on riait. Habitué aux bruits monotones et à la grisaille de la prison, Noodles resta hébété devant le niveau sonore. Jouissant de la réaction de son ami, Max lui hurla à l'oreille :

— C'est ça le véritable « Chez Fat Moe » !

Comme s'ils avaient des antennes, Patsy et Cockeye fendirent la foule et vinrent le serrer dans leurs bras.

— Salut, Noodles !

— Patsy ! Cockeye !

Se libérant de son étreinte, Patsy s'écria :

— Bon Dieu ! Faut arroser ça !

Cockeye tira sa flûte de sa poche et commença à jouer son air favori tandis que Patsy se dirigeait vers un radiateur mural près duquel se trouvait une table chargée d'une multitude de tasses à thé. Il prit des tasses, les remplit au robinet de vidange du radiateur et les tendit à un serveur qui, à son tour les fit passer à Noodles, Max et Cockeye. Puis il vint rejoindre le groupe.

— Chauffage au scotch, dit-il avec un clin d'œil à Noodles. Ça revigore vraiment !

— Et ça nourrit son homme, ajouta Cockeye. A un dollar la tasse...

En avalant à petites gorgées le scotch râpeux, Noodles eut l'impression de reprendre ses sens. Peu à peu, son cerveau se mit à analyser les informations qu'il captait.

— Combien ça nous a coûté ? s'informa-t-il.

— Une bouchée de pain, et avec les étages en plus, répondit Max d'une voix joyeuse et tonitruante.

Noodles émit un petit sifflement ravi puis soudain, il se sentit écrasé par une masse énorme. Il lui sembla qu'un cachalot venait d'entrer en collision avec lui.

— Noodles ! Ah, Noodles, que je suis content de te voir ! Pendant tout le temps que tu as passé au placard, j'ai...

Fat Moe acheva une phrase postillonnante que Noodles ne put saisir à cause du brouhaha. Il se dégagea des deux gros bras et lança à la ronde :

— Dites donc, mes salauds, vous auriez pu venir me chercher.

Cockeye montra Max du doigt.

— C'est lui, le salaud.

— Il nous avait raconté que tu ne sortirais pas avant lundi, précisa Patsy.

— Ecoutez, fit Max en riant, vous pourrez y aller la prochaine fois qu'il sortira.

Noodles leva la main vers lui en faisant frétiller son majeur replié.

— Compte là-dessus et bois de l'eau ! dit-il.

Puis il y eut une nouvelle collision avec un autre cachalot A la différence de Fat Moe, celui-ci était du sexe féminin, roux, et il lui appliqua des lèvres grasses sur la bouche. Noodles crut un instant qu'il allait périr asphyxié. Mais, finalement, la créature le laissa prendre la bouffée d'air indispensable en demandant :

— Ferme les yeux et essaie de deviner qui c'est.

Noodles claqua les doigts.

— Charlotte russe à la crème fouettée.

— Gagné, mon chou, gloussa Peggy.

Malgré un poids d'une centaine de kilos, elle avait encore de jolis traits. Noodles la détailla.

— Tu as dû en avaler pas mal en six ans, remarqua-t-il.

— Hé oui, je les aime toujours autant, que veux-tu... Et mes tarifs ont grimpé. Je tiens une taule très classe et je me fais payer au kilo.

Ouvrant les bras pour l'enlacer, Patsy décréta :

— De toute façon, elle n'a pas de prix. Peggy, c'est une perle rare ! Hein ma grosse lapine ?

Il lui prit la taille et essaya de la soulever mais Peggy ne bougea pas d'un pouce. Après cet effort harassant, Patsy fit mine d'être au bord de la syncope. Tout le monde éclata de rire.

— O.K., dit Max. Maintenant que tu as vu les vieux amis, viens faire de nouvelles connaissances.

Il s'enfonça dans la foule en faisant signe aux autres de le suivre mais Fat Moe retint Noodles par le bras. Il désigna une jeune fille brune aux yeux bleus et au teint diaphane.

— Tu te souviens d'elle ? demanda-t-il.

D'une démarche gracieuse et sereine, la jeune fille traversa la salle pour les rejoindre.

— Eh bien, tu ne voulais pas me voir ?

Noodles eut l'impression que ses jambes allaient se dérober sous lui.

— Deborah... C'est toi ?

Elle confirma d'un hochement de tête. Un peu plus loin, le groupe de Max fit halte. Les regards se tournèrent vers eux. L'air mécontent, Max se dirigea vers le bar.

Fat Moe était resté près d'eux et les couvait d'un œil attendri qui le faisait ressembler à un gros toutou. Ils s'observèrent sans savoir quoi se dire. Deborah paraissait heureuse de se faire admirer et Noodles heureux de la contempler. Puis les secondes s'écoulèrent et le regard de Noodles commença à la mettre mal à l'aise. Son attitude légèrement distante fit place à une expression d'attente. Finalement, Noodles se décida à parler :

— Ton frère est un copain. Un vrai de vrai.

— C'est un sentimental.

— Qui t'a dit que je sortais aujourd'hui ? Max ?

— Max ? Pas du tout.

— Tu t'en es souvenue toute seule ? demanda Noodles plein d'espoir.

Elle le laissa garder espoir quelques instants puis répondit :

— Non, c'est Moe qui m'y a fait penser. Moe, encore Moe et toujours Moe...

Pour masquer sa déception, Noodles se rabattit sur la plaisanterie.

— Comment ? Tu n'as pas compté les jours ?

— Bien sûr que si. Quatre mille deux cent dix-neuf, quatre mille deux cent dix-huit, etc. Je me suis mélangée dans mes calculs quelque part autour de trois mille.

— Ha ! Et tu n'as pas songé à la réduction de peine pour bonne conduite ?

— Parce que tu t'es bien conduit ?

— Qu'est-ce que tu veux, je n'avais pas le choix !

— Comment ça pas le choix ? Ce que tu as fait, personne ne l'a fait à ta place. Mais si, Noodles, tu avais le choix.

Elle tourna les yeux vers l'autre bout de la salle où Max se démenait comme un diable pour attirer l'attention de Noodles.

— Et tu l'as toujours, ajouta-t-elle.

Noodles suivit la direction de son regard. Il vit Max.

— Enfin, dit-il, l'important c'est que tu sois venue ce soir.

— J'habite toujours ici, lui apprit Deborah. Je m'apprêtais à partir mais Moe m'a fait remarquer que je pouvais tout de même attendre un peu pour te dire bonjour.

— Il a été obligé de te traîner jusqu'ici ?

— Non. Je suis venue de moi-même. Je te souhaite un bon retour, Noodles. J'espère que ça n'a pas été trop dur.

— Ça paraît surtout long, très long. On a le temps de penser. Aux gens de l'extérieur... A quelqu'un en particulier...

— Qu'est-ce que c'est encore que ça ? On ne peut pas vivre uniquement dans le passé, ou dans l'avenir. Il faut être l'acteur de chaque instant de sa vie, Noodles, faire sa vie au présent.

La voix de Max claqua au-dessus du tumulte :

— Noodles !

Comme s'il n'avait rien entendu, Noodles poursuivit :

— Et la danse ? Tu danses toujours ?

Deborah sourit, un petit sourire insaisissable que Noodles connaissait bien. C'était celui qu'elle avait toujours aux lèvres quand il l'observait à la dérobée.

— Bien sûr, dit-elle. Tous les soirs, et sur une scène. Je passe dans un show au *Palace* et d'ailleurs, je vais être en retard. J'ai mené ma barque, Noodles, j'ai fait mon chemin depuis l'époque où je dansais ici au milieu des balais et des bouteilles vides. Viens donc me voir un de ces jours, si tu as le temps. Tu pourras me regarder en cachette comme autrefois.

— Tous les soirs, répondit Noodles en riant. Je me mettrai au premier rang, le fauteuil du milieu. Non, tiens, je prendrai plutôt une loge, bien sombre, comme ça tu ne sauras pas que je suis là...

— Oh si, je le saurai ! Je l'ai toujours su.

La voix de Max s'éleva, cassante, la voix d'un homme habitué à se faire obéir.

— Noodles !

— Va vite, ta maman t'appelle, railla Deborah.

Puis, d'un ton plus doux :

— Salut, Noodles, je me sauve. Je suis contente qu'on se soit vus.

— Moi aussi. Plus que ça, même.

— Tu sais, je me suis fait du souci, ajouta Deborah avant de tourner les talons.

Noodles la suivit des yeux tandis qu'elle s'éloignait puis il rejoignit un Max fortement contrarié qui le pilota aussitôt vers une porte marquée « Privé ».

Tout sentait le neuf dans le bureau. Après ce long séjour entre les murs de Sing Sing, les meubles lustrés, l'équipement sportif étincelant, la table de billard couverte d'un somptueux tapis vert donnaient à Noodles l'impression d'entrer dans un décor de cinéma. Près de la table se trouvait un râtelier pour les queues de billard. Max s'en approcha, le manipula d'une certaine manière et le fit pivoter, dévoilant un passage secret qui menait à la *delicatessen* et au restaurant. Un plateau vide à la main, Fat Moe s'apprêtait à entrer.

Indiquant la *delicatessen* d'un geste du menton, Max demanda à voix basse :

— Tu as le pinard ?

— Oui, du chianti rouge. La meilleure qualité, répondit Fat Moe.

Puis il s'écarta du passage pour laisser entrer Max suivi de Noodles, Patsy et Cockeye. Les réverbères de la rue éclairaient les lieux d'une lumière satinée. Le groupe se dirigea vers une table où trois hommes étaient assis devant des chopes de bière. Ils hochèrent la tête, comme pour indiquer aux quatre amis qu'ils avaient l'autorisation de passer.

Dans un angle, près du poêle, un homme semblait les attendre. Elégant, le visage fin, il était de petite taille mais dégageait l'assurance de ceux qui ont l'habitude de commander. A la même table, un autre individu, beaucoup plus épais, était en train de manger avec une rapidité et une gloutonnerie époustouflantes.

— Ils sont là, annonça le petit homme, les Quatre Cavaliers de l'Apocalypse. Tu as vu ce film, Joe ?

Dans l'immédiat, le nommé Joe ne semblait avoir qu'une préoccupation : s'empiffrer. Il émit un grognement qui devait équivaloir à une réponse négative. Considérant Noodles d'un œil à la fois critique et bienveillant, son vis-à-vis compléta :

— Et voici le fameux Noodles !

Noodles resta coi. Max prit la parole à sa place :

— Mon vieux Noodles, j'ai l'honneur de te présenter M. Frankie.

De bienveillante, l'attitude de M. Frankie se fit positivement chaleureuse.

— Voyons, protesta-t-il. Pas de « monsieur » entre nous ! Les gens que j'estime ont le droit de m'appeler Frankie. Et un homme qui a tiré son temps en gardant la tête froide mérite toute mon estime. Asseyez-vous avec nous et servez-vous donc à boire.

Tandis que Patsy et Cockeye allaient chercher des verres et des chaises, Frankie désigna le costaud qui achevait son dîner avec une voracité de chien famélique :

— Les gars, Joe est venu spécialement de Detroit pour me demander de lui rendre un service. Et j'ai immédiatement accepté. Tout le monde connaît Joe, bien sûr. Inutile d'étaler ses lettres de noblesse ici. Pour moi, ce n'est pas simplement un ami, c'est un frère.

Joe leva enfin les yeux de son assiette. Il examina les jeunes gens, poussa un second grognement et, tout en finissant de mastiquer sa dernière bouchée, décréta :

— Faut être juif pour becqueter des saloperies pareilles ! Même avec les wagons de moutarde que j'ai foutus dedans, c'est toujours aussi dégueulasse !

Puis il avala bruyamment, fit suivre une solide gorgée de chianti et demanda :

— Sont membres de la famille, ceux-là ?

Un petit sourire aux lèvres, Frankie regarda les quatre jeunes à tour de rôle et les fixant droit dans les yeux. Ensuite, il tourna la tête vers Joe et répondit :

— Pas encore mais c'est tout comme. Et, avant la fin de la semaine, ils auront fait leurs preuves. Maintenant, dis-leur ce que tu attends d'eux.

— J'suis intéressé par des cailloux, exposa Joe d'une voix graillonnante. C'est un boulot en or. Du vrai gâteau.

Noodles perçut une interrogation muette chez ses amis. Ils attendaient qu'il réponde en leur nom.

— Pourquoi nous ? questionna-t-il.

— Pourquoi d'autres ? fit Joe.

Noodles indiqua les trois hommes de main assis devant leurs bières au centre de la salle :

— Vos gars n'ont pas envie de se distraire ?

Frankie intervint en levant la main.

— Joe a besoin que ce coup-là soit exécuté par des gens de l'extérieur, expliqua-t-il. Ses hommes sont, disons... un peu trop célèbres à Detroit. Il lui en faut d'autres que personne ne puisse reconnaître et il n'a pas le temps de recruter. Les diamants n'attendront pas, ils doivent partir incessamment pour la Hollande. Mais, sois tranquille, Noodles, c'est une affaire sûre, je dirais même assurée. (Il sourit.) Joe, raconte-leur donc ton histoire d'assurance quéquette.

Du bout de la langue, Joe traqua quelques résidus de nourriture qui s'étaient installés entre ses gencives et l'intérieur de ses joues, puis ses lèvres luisantes de graisse s'étirèrent. Tiens, il savait donc sourire. Ensuite, il se fouilla les poches et y dénicha un cure-dents qu'il mit immédiatement en action. Alors seulement, le visage éclairé par une expression proche de l'extase mystique, il commença son récit :

— Ah, la vie... La vie n'est qu'un immense concours de circonstances... La femme de mon assureur est une petite blonde discrète, tellement discrète que je ne l'avais jamais vraiment remarquée. Elle travaille comme secrétaire chez un bijoutier. Ça, c'est le premier concours de circonstances. Son mari m'a collé des assurances sur tout ce qu'on peut imaginer, assurance vie, assurance calamités naturelles, assurance incendie et tout le toutime. En v'la un que j'ai sacrément aidé à faire sa pelote, pouvez m'croire. Maintenant, le deuxième concours de circonstances. Un jour qu'on bouffait ensemble, je lui sors, manière de blaguer : « Dis donc, Edward, faudra que tu m'assures la chose à quoi je tiens le plus au monde. » Il me défrime d'un air étonné et me demande ce que c'est. « Mon braquemart, que je lui réponds en rigolant. Tu me fais un contrat, et le jour où je peux plus triquer, tu casques. » Ben figurez-vous qu'il a pris ça au sérieux. Il a sûrement dû se dire que c'était le dernier truc sur lequel il pouvait encore me tirer de l'oseille. « C'est possible, qu'il m'a fait. Seulement il faudra vérifier que l'instrument est en bon état de marche au moment de la signature de la police. » Je lui balance : « C'est pas compliqué. Tu me laisses un moment en tête à tête avec ta femme. Elle pourra te dire si ça marche ou pas... » Moi, je le charriais, mais il a encore pris ça au sérieux et il a dit d'accord. Alors là, triple coup de fion. Et d'une, la souris discrète que j'avais même pas remarquée a un cul lobé comme pas deux. Et de deux, elle baise faut voir comme ! Une authentique artiste du radada. Et de trois, après la baise, finie la discrétion, elle cause. Elle m'a tout raconté sur son turbin, le nombre de gens qu'il y a sur place, l'endroit où ils mettent les diams, etc. Enfin, tout ce qu'il faut savoir pour réussir un coup fumant.

Frankie s'esclaffa :

— D'après ce que j'ai compris, elle n'attend que ça, le coup fumant.

Joe sourit en se rappelant son expérience. Puis il ajouta :

— Essayez d'y aller mollo avec elle, les gars. Si c'est possible, évidemment.

CHAPITRE XI

De l'extérieur, la porte aurait pu être celle de n'importe quel bureau. Mais, vue de l'intérieur, la maison Van Linden rappelait, en miniature, la partie la mieux protégée d'un établissement bancaire. Une petite pièce à laquelle on ne pouvait accéder qu'en franchissant une porte grillagée semblable à celle d'une cage abritait le coffre-fort et quelques armoires métalliques. Le local d'entrée était occupé par des bureaux, des classeurs et le matériel traditionnel que l'on pouvait trouver dans toute officine. On ne faisait la différence qu'à l'unique fenêtre dont le store était perpétuellement baissé et à la multitude de boutons d'alarme disposés partout. A la porte du couloir, un judas permettait de contrôler les visiteurs lorsque la sonnette tintait.

La sonnette tinta. La secrétaire, qui se nommait Carol, colla l'œil au judas. Elle vit un gros nez, des lunettes à monture de corne et des cheveux roux. Une tête qu'elle voyait tous les jours : celle de son patron. Elle sourit, pressa un bouton et la porte s'ouvrit avec un déclic. Aussitôt, Carol fit un bond en arrière. Van Linden venait de trébucher sur le seuil, poussé par quatre hommes masqués et armés de gros pistolets. Carol se raidit mais resta parfaitement silencieuse. L'un des hommes ferma la porte d'un coup de pied. La réaction fut immédiate. L'un des deux employés bondit vers un signal d'alarme. Il fut neutralisé d'un coup de crosse et s'écroula, inconscient, sur le sol. L'autre se rua vers la fenêtre. Lui aussi fut intercepté et alla rejoindre son collègue.

La jeune femme contemplait la scène avec fascination. Elle semblait émoustillée par la violence que déployaient ces monstres sans visages. En voyant les employés s'effondrer comme des poupées de chiffon, elle laissa échapper une longue plainte rauque qui tenait plus du gémissement de plaisir que du cri de terreur.

En un tournemain, Cockeye et Patsy ficelèrent les deux hommes et sectionnèrent les fils du téléphone. Pendant que Max poussait Van Linden dans la cage où se trouvait le coffre, Noodles tenait la jeune femme en respect. Il eut l'impression qu'elle caressait son arme d'un regard lascif.

— Ouvre ! ordonna Max.

Malgré sa peur, Van Linden secoua négativement la tête. Max lui assena un coup de poing au visage. La perruque rousse, la *yarmulka* [1] et les lunettes voltigèrent dans la pièce. Le sang se mit à couler du nez et de la bouche du vieil homme. La secrétaire s'élança vers Max en hurlant :

— Grosse brute ! Salaud !

Noodles la rattrapa et l'empoigna de son bras libre. Elle essaya de se libérer en le griffant.

— La ferme ! murmura-t-il en lui appliquant la main gauche sur la bouche.

Allongé sur le dos, le bijoutier poussait de faibles cris de souffrance et de peur. Campé au-dessus de lui, impassible, Max répéta :

— Ouvre !

— Par pitié...

Nouveau coup de poing, et Van Linden se tut. Larmes et sang mêlés ruisselaient sur son visage ridé. Carol parvint à se libérer de l'étreinte de Noodles. Elle lui mordit cruellement la main et s'échappa vers la salle du coffre en s'égosillant.

— Bande de fils de putes !

Lorsque Noodles la maîtrisa, elle lui souffla à l'oreille :

— Frappe-moi aussi. Vas-y, frappe !

— Mais pourquoi ? Pas la peine de faire une mise en scène pareille. Je ne veux pas vous faire mal.

— Si, tabasse-moi. Cogne ! J'aime ça. S'il te plaît...

---

* *Yarmulka* : calotte juive (N.d.T.).

Sa voix était excitée, frénétique.

Cockeye qui finissait de garrotter un employé se tourna vers Noodles :

— Allez, cogne-la puisqu'elle te le demande.

Carol se remit à gesticuler. Noodles la regarda en face et, sans avertir, lui décocha une claque monumentale sur la tempe. Elle poussa un cri sur le compte duquel il était impossible de se méprendre. Elle aimait réellement ça. Entre-temps, son patron avait fini par comprendre qu'il n'avait pas le choix. Agenouillé devant le coffre, il tira de sa poche une clef qu'il essaya d'introduire dans la serrure tout en composant la combinaison. Ses gestes désordonnés et les tremblements de ses mains le faisaient ressembler à un homme ivre. Pendant qu'il se démenait, Max se tourna vers Noodles et Carol qui étaient maintenant dans la petite pièce.

— Elle commence à m'échauffer les oreilles, celle-là. Rive-lui son clou une bonne fois pour toutes !

Noodles lui expédia une autre claque. Carol tomba à la renverse, la jupe retroussée jusqu'à la ceinture. Elle ne portait rien dessous. Il la traîna dans l'autre pièce et se coucha sur elle. Elle commença par résister mais ce n'était que pour accroître son plaisir. En fait, elle avait obtenu ce qu'elle désirait depuis le début. Elle continua à hurler.

— Fumiers ! Salauds ! Ordures !

Finalement, le vieux bijoutier ouvrit la porte du coffre.

— Merci, dit Max.

Puis il fit un pas en avant et l'assomma d'un coup de crosse. Ensuite, il appela Patsy et Cockeye.

— Allez, les gars ! Au boulot !

Ils s'y mirent rapidement, éparpillant dans la petite pièce les papiers et les rayonnages du coffre. Arrivés au dernier, ils constatèrent comme prévu que c'était un double fond, le soulevèrent et s'emparèrent d'un sac de chamois qui contenait une cinquantaine de diamants.

— On dégage ! ordonna Max après avoir contrôlé les pierres.

Il s'arrêta à la porte du bureau, vit Noodles qui ajustait son pantalon et le regarda en souriant.

La voix de Patsy retentit dans l'autre pièce :

— Hé ! On peut rentrer ? Nous, on a fini, ici. Et toi, ça va te prendre longtemps ? Parce qu'il faut encore la saucissonner avant de mettre les voiles !

— Ça va, répondit Noodles. Moi aussi, j'ai fini.

Patsy et Cockeye arrivèrent, munis d'une corde à l'aide de laquelle ils immobilisèrent rapidement les pieds et les mains de Carol. Puis ils sortirent. Dans le couloir, Max se tourna vers Noodles :

— Bravo, vieux ! A peine sorti de prison que te voilà déjà tringleur public n° 1 !

Tout le monde s'esclaffa. Ils claquèrent la porte derrière eux et ôtèrent les foulards qui leur cachaient le visage. En entrant dans l'ascenseur, ils avaient l'air de quatre jeunes hommes d'affaires heureux, ce qu'ils étaient, au demeurant.

⁂

C'était une route de campagne déserte à la sortie de Detroit. A une centaine de mètres, se profilait une construction basse, située en bordure d'un lac : une petite entreprise, apparemment. Des ronronnements de machines s'élevaient de la bâtisse devant laquelle la limousine était garée mais à l'extérieur, personne en vue.

Cockeye était au volant. Il ralentit l'allure, dépassa la limousine, roula encore sur une cinquantaine de mètres, puis effectua prudemment un virage en U et vint se ranger le long du bas-côté à environ dix mètres de l'autre automobile. Il serra le frein à main mais laissa le moteur tourner au ralenti.

Max, qui avait soigneusement scruté l'intérieur de la limousine, dit :

— C'est bien Joe. Mais il est à l'arrière et il a amené ses gars avec lui.

— Ça me paraît normal, estima Noodles. Pas à toi ?

— Je ne sais pas. Suppose qu'on ait voulu le doubler, on se serait tirés directement à la sortie de la bijouterie. Il ne doit quand même pas imaginer qu'on aurait été assez tartes pour venir lui dire bonjour jusqu'ici...

— Alors qu'est-ce qu'il maquille, à ton avis ? Un coup fourré ? demanda Noodles.

— Possible.

— Ça m'étonnerait. Il sait très bien que s'il nous fait une entourloupe, Frankie sera furibard. Non, moi je suis sûr qu'il a l'intention d'être réglo. On lui refile la marchandise et il allongera les talbins.

Max ne répondit pas. Il tendit le sac de chamois à Patsy et lui dit :

— Va lui porter ça. Tu sais ce que tu as à faire.

Patsy hocha la tête, ouvrit sa portière et, d'un pas dégagé, se dirigea vers la limousine. Joe était assis à l'arrière avec l'un de ses gardes du corps. Les deux autres occupaient les sièges avant.

Patsy frappa à la fenêtre.

— Alors ? dit le truand en baissant la vitre.

En guise de réponse, Patsy se pencha et posa le sac sur les genoux de Joe. Ce dernier ficha une loupe de joaillier sous la broussaille de son sourcil droit, prit plusieurs pierres au hasard et les examina minutieusement. Satisfait, il poussa deux ou trois grognements et ordonna :

— Payez-le.

L'un des gardes du corps tendit un gros rouleau de billets à Patsy qui le mit dans sa poche. Souriant, il sortit la tête de la voiture.

— Des problèmes ? demanda Joe en relevant les yeux vers lui.

— Non, du vrai gâteau, comme prévu.

Joe se demanda s'il avait la berlue. A travers sa loupe, il voyait, grossie et déformée, la gueule noire d'un pistolet. Il n'eut pas le loisir de s'interroger plus avant. Le coup partit, lui enfonçant les lentilles à l'intérieur du crâne. Joe glissa de la banquette. Les diamants s'éparpillèrent sur le plancher de la voiture. L'écho de la détonation ne s'était pas encore tu lorsque Patsy colla le canon de son arme sur la nuque du chauffeur et pressa la détente pour la seconde fois.

A cet instant, Cockeye fit partir leur voiture dans un rugissement de moteur tandis que Max s'emparait d'une mitraillette Thompson posée à ses pieds. Ils ralentirent en passant devant la limousine que Max arrosa méthodiquement, puis reprirent de la vitesse. Un troisième homme se recroquevilla sur lui-même. Mais le dernier était parvenu à se baisser à temps. Il ouvrit la portière et s'enfuit.

Totalement pris au dépourvu, Noodles resta sans réaction jusqu'au moment où il vit le truand s'échapper. Alors, il y eut un déclic et ses réflexes revinrent.

— Demi-tour ! cria-t-il.

Cockeye braqua les roues tout en écrasant la pédale de frein. Hurlement de caoutchouc sur le goudron et la voiture fit un tête-à-queue. Elle ne s'était pas encore immobilisée lorsque Noodles bondit à l'extérieur pistolet au poing, et s'élança au pas de course vers le bâtiment de brique rouge dans lequel le fuyard s'était réfugié.

Il fit irruption dans un atelier. Deux ouvriers au visage couvert de masques de tissu se tapirent derrière une machine dont la bouche vomissait un nuage de plumes blanches comme de la neige.

Avançant prudemment, Noodles remarqua que l'un des hommes lançait des regards terrifiés vers l'autre extrémité du bâtiment en L. Il se faufila jusqu'à l'angle et jeta un coup d'œil juste à temps pour voir une ombre se plaquer contre un mur derrière une machine à l'arrêt. Un coup de feu claqua. La balle scarifia le mur à l'endroit où la tête de Noodles se trouvait moins d'une seconde plus tôt.

Un panneau de commande relié à la machine par un faisceau de câbles se trouvait à portée de sa main. Abaissant le levier de contact, il noya son adversaire sous un niagara de plumes. Etouffé, le truand sortit de sa cachette en continuant à tirer à l'aveuglette. Puis, chancelant, gesticulant pour tenter d'écarter les plumes, il se mit à la recherche du panneau. Il trouva Noodles, qui lui tira en pleine poitrine presque à bout portant. L'homme tomba à la renverse. Le tas de plumes qui commençait à l'ensevelir rougit à vue d'œil autour de lui. Noodles arrêta la machine. Lorsqu'il retraversa l'atelier pour gagner la sortie, les ouvriers se dissimulèrent à son approche.

A l'extérieur, la voiture attendait, moteur ronronnant. Patsy avait regagné sa place sur la banquette arrière. D'un geste rageur, Noodles ouvrit la portière du conducteur.

— Va derrière !

Cockeye commença à escalader le dossier tandis que Noodles sautait derrière le volant, passait la première et enfonçait la pédale de l'accélérateur. La voiture partit dans un bond si brutal que Cockeye faillit être éjecté.

— Hé ! Vas-y mollo, Noodles ! s'exclama-t-il. Tu as envie de me laisser ici ?

Les mâchoires crispées, Noodles prit de la vitesse sans répondre. Max, assis près de lui, le regardait en silence. Noodles était stupéfait de l'ordre donné par son ami, stupéfait aussi de sa propre réaction et furieux de ne pas avoir été mis au courant. Au bout d'un moment, il finit par demander :

— Pourquoi tu ne m'as rien dit ?

— Six longes de gniouf, ça peut vous changer un bonhomme, expliqua Max après un temps de réflexion. J'avais déjà traité avec Frankie et ça n'est pas le genre de monsieur à qui on peut se permettre de dire « oui » une première fois et « non » la semaine d'après. Je ne pouvais pas prendre le risque que tu dises « non », voilà. En plus, pour autant qu'on sache, Joe et ses gusses avaient décidé de nous faire le même coup.

— Tu as raison. J'aurais dit « non », avec un grand N majuscule !

— Alors, tu aurais fait une erreur. Frankie est un très gros bonnet. Tout le Syndicat lui mange dans le creux de la main.

— Ah oui ? Et si on le laisse faire, c'est bientôt nous qui lui mangerons dans le creux de la main !

— On n'arrive à rien quand on reste seul. Ça, tu devrais le comprendre, au moins.

— Tiens, tiens, ricana Noodles, ça n'est pas toi qui m'as dit un jour que tu ne voulais pas avoir de chef ? Moi, je pensais que c'était une bonne idée. Et je le pense toujours.

Max observa un long silence avant de répondre :

— Réfléchissons. Ils vont nous demander de marcher avec eux, c'est sûr. On a beaucoup à y gagner. Un conseil : agite la question de ton côté.

Ils venaient d'arriver devant un petit pont de bois. Noodles écrasa le frein.

— Agiter la question ! C'est justement ce que je suis en train de faire ! Aujourd'hui, ils nous demandent de buter Joe et ses copains. Demain, ils peuvent très bien me demander de te buter. Si ça ne te dérange pas, moi si ! Je veux savoir qui sont mes amis et je n'ai pas envie d'être perpétuellement à me demander s'ils n'ont pas oublié qu'on était les leurs !

Max sourit :

— O.K., je m'écrase. Tu as gagné. Oublions ça pour le moment.

Il regarda les eaux du lac.

— On pique une tête ?

Noodles se détendit. Puis un grand sourire lui éclaira le visage et il cria :

— Ouais ! On pique une tête !

Il repartit en trombe et s'engagea sur le pont. Le marchepied de la voiture fauchait les montants de la balustrade comme des quilles. Puis, brusquement, il tourna le volant et la voiture plongea dans le lac à quelques mètres plus bas. Un moment plus tard, Patsy et Cockeye émergèrent en recrachant de l'eau à l'endroit où elle s'était enfoncée. Ensuite, ce fut Max qui fit surface mais il n'y avait aucun signe de Noodles.

Non loin de là, sur la berge, une énorme pelleteuse à vapeur extirpait de la vase du fond du lac. Elle sortit de l'eau sa mâchoire ruisselante et en déversa le contenu dans une benne.

CHAPITRE XII

1968

Une meute de curieux se pressait pour regarder le tas fumant qui avait été une automobile de luxe. Une barrière de corde dressée par la police les empêchait d'approcher. L'air important avec leurs cigares à la bouche et leurs insignes épinglés sur leurs blousons, des officiers en civil essayaient de glaner des témoignages pendant que les pompiers arrosaient les vestiges de la limousine.

Pendant que le reportage défilait sur le téléviseur en noir et blanc placé dans un angle de la salle, un journaliste récitait un commentaire d'une voix monocorde :

— Le District Attorney James Lister a trouvé la mort dans l'explosion d'une automobile appartenant à M. Christopher Bailey, secrétaire au Commerce de l'Etat de New York. Le drame s'est produit peu après que la voiture transportant M. Lister fut sortie de la propriété de M. Bailey à Long Island.

» Rappelons que M. Lister devait déposer jeudi prochain devant une commission sénatoriale chargée d'enquêter sur ce qu'il est maintenant convenu d'appeler le scandale Bailey.

» A l'heure où nous prenons l'antenne, il ne nous a pas été possible d'interroger M. Bailey en personne. En revanche, Me Irving Gold, son avocat, a accepté de répondre à quelques-unes de nos questions.

Une seule personne semblait intéressée par la télévision : Noodles. Tout en servant un client, Fat Moe l'observait du coin de l'œil.

Changement d'image. Un visage apparut sur l'écran, puis un nom en superposition : Irving P. Gold. La voix d'un interviewer invisible commença :

— Maître Gold, le District Attorney Lister est le second témoin cité dans l'affaire dite « scandale Bailey » à disparaître dans des circonstances violentes et mystérieuses. Pour les téléspectateurs, je rappellerai que le premier témoin, Thomas Finney, sous-secrétaire au Commerce, est mort à la suite d'une chute inexplicable par la fenêtre de son bureau situé au quinzième étage.

Une courte scène raccord montra un cadavre disloqué gisant sur un trottoir. La voix enchaîna :

— Selon vous, peut-on établir un lien entre ces deux décès ?

D'un ton impavide, Irving Gold répondit :

— Le F.B.I. a ouvert une enquête. Demandez-lui de vous communiquer ses conclusions.

Fat Moe se faufila jusqu'à la chaise de Noodles.

— Tu connais ces paroissiens ?

Mouvement de tête négatif.

— Alors, prends l'oseille et tire-toi, Noodles ! Bon Dieu, mais qu'est-ce qui te retient encore ici ?

— La curiosité.

La caméra revint sur l'avocat. Vêtu d'un costume strict de très bonne coupe, l'homme était d'une impassibilité marmoréenne. La voix sans visage demanda :

— Le seul témoin restant se trouve être celui qui, à juste titre ou non, a donné son nom à cette affaire. Je veux naturellement parler du secrétaire Bailey, votre client. Que pense-t-il de tout ceci ?

— M. le secrétaire est très serein. Il n'a aucune inquiétude.

— Pourquoi, dans ce cas, a-t-il déserté son domicile de Long Island ? Pourquoi refuse-t-il les interviews ? Pourquoi a-t-il cessé de se rendre à son bureau ?

Patiemment, comme s'il s'adressait à un enfant, Gold exposa :

— Loin de déserter, comme vous le dites, il travaille d'arrache-pied pour être à même de répondre clairement aux questions de la commission sénatoriale et démontrer l'absence de bien-fondé de cette enquête.

— Je parlerais d'accusations plutôt que de questions.

— Appelez-les comme vous voudrez. Même si accusations il y a, elles sont entièrement fausses.

— Mais il faudra y répondre...

— Je vous le répète, mon client s'y prépare et n'a aucune inquiétude.

— Mais le public en a, lui. On parle de fausses factures, de contrats de complaisance, de corruption, d'intervention de la mafia internationale et, surtout, d'utilisation illégale des fonds de la caisse de retraite du Syndicat des transports. Pouvez-vous faire un commentaire sur ce point ?

La façade d'un imposant bâtiment apparut sur l'écran. Le cadreur fit un effet de zoom et un gros plan montra l'enseigne : « Syndicat des transports ». Le plan s'élargit. Flanqué d'un reporter qui lui tendait un micro, un homme aux cheveux blancs, la canne à la main, s'avançait en claudiquant vers la caméra.

— Je démens toutes ces rumeurs et ces accusations portées contre mon organisation, dit-il. Voilà encore un exemple typique des manœuvres déployées pour discréditer un syndicat qui a toujours mené un rude et juste combat afin de protéger les droits des travailleurs.

Plus le personnage approchait, plus Noodles l'examinait avec intérêt. Il fouillait dans sa mémoire lorsqu'un nouveau gros plan assorti d'un nom lui apportèrent la réponse. Le sous-titre disait : « Jimmy Conway, secrétaire général du Syndicat des transports. »

— Ah ! dit-il à Fat Moe. En voilà un que je connais !

L'homme poursuivait avec un accent chantant :

— Je me suis battu toute ma vie pour tenir mes hommes à l'écart des manigances politiciennes et des opérations douteuses menées par les gens du milieu.

— Toujours les mêmes salades, murmura Noodles.

— Si des malhonnêtetés ont été commises, ce n'est pas chez nous qu'il faut chercher les responsables, assurait Conway.

Noodles sourit. Les souvenirs revenaient. Il y avait si longtemps et pourtant, il aurait juré que c'était hier. Plus de trente ans. Ils étaient jeunes et tous vivants. Quoique, ce jour-là, Conway fût passé à deux doigts de la mort. A cette époque, dans les années trente, les responsables de syndicats ne se faisaient pas acclamer comme des hommes d'Etat et n'étaient jamais invités à la Maison-Blanche. Les images naissaient, émergeant de son passé. Bientôt, elles furent plus claires que celles qu'il voyait sur l'écran de télévision.

1933. Dissimulés derrière un camion, près d'un quai de ferry-boat abandonné, Noodles et ses copains regardaient. La violence était leur lot quasi quotidien, maintenant, et pourtant, la scène qu'ils voyaient les faisait transpirer.

Bouillonnant comme du champagne rosé, l'essence monta dans l'un des deux réservoirs-mesures de verre. Puis elle s'écoula dans le tuyau que tenait Willie, un crétin fini qui, pour des raisons évidentes, avait été surnommé le Gorille. A ses pieds se trouvait une fosse de ciment d'environ un mètre de profondeur. Dans la fosse, un jeune homme, pieds et poings liés. Rictus aux lèvres, le Gorille l'aspergeait méthodiquement. Il ne cessa d'actionner la manette de la pompe à essence que lorsque sa victime fut trempée de la tête aux pieds. Près de Willie se tenait un personnage encore plus repoussant. Doté par la nature d'un immense corps squelettique sur lequel perchait une minuscule tête à la peau cadavérique et aux yeux de cobra, ce spécimen avait reçu le sobriquet de Chicken Joe. Il contourna la fosse, s'assit sur une caisse de bois et sortit une boîte d'allumettes de sa poche. Il gratta une allumette, la promena au-dessus de la fosse puis, d'une pichenette, l'envoya au loin. Ravi de sa bonne farce, Chicken Joe lâcha un éclat de rire sinistre.

Avec leurs planches vermoulues soutenues par des poutres de fer rouillées, il était évident que les appontements étaient à l'abandon depuis des années et que les deux gouapes pourraient sans problème poursuivre leur jeu sadique aussi longtemps qu'il leur plairait.

Au loin, les lumières de la ville semblaient clignoter comme des signaux de détresse. Des signaux auxquels personne ne répondrait jamais. Chicken Joe se colla une cigarette entre les lèvres et gratta une autre allumette. Avant d'allumer la cigarette, il s'arrêta pour poser une question :

— Alors, Conway, qu'est-ce que c'est que ces histoires qu'on raconte dans les journaux ?

Il alluma sa cigarette, tira une bouffée et souffla paisiblement l'allumette avant d'enchaîner :

— *Les accusations du leader syndicaliste provoquent la colère du patronat...*

Il jeta l'allumette dans la fosse. Encore fumante, elle tomba sur l'épaule du jeune homme. Chicken Joe en craqua une autre et reprit sa lecture :

— *Des propos enflammés tenus lors d'une émission de T.S.F...* Dis donc, tu crois que ça va leur faire plaisir, ça ?

De nouveau, il souffla son allumette et l'expédia vers la silhouette immobilisée dans la fosse. Puis il en gratta une autre qu'il laissa brûler en la tenant verticalement comme une torche.

La voix qui s'éleva de la fosse était légèrement nouée mais le jeune Jimmy Conway semblait réussir à garder son sang-froid :

— Probablement pas, mais je sais que vous allez bientôt me relâcher. Je suppose que votre employeur n'est pas assez épais pour vouloir me transformer en martyr. Les gens sauraient vite que les patrons et les politiciens paient des nervis pour exécuter leurs sales besognes et ce serait pas bon pour les affaires.

En guise de réponse, Chicken Joe gratta une autre allumette.

— Ça, fit-il d'une voix ricanante, c'étaient les dernières paroles enflammées du leader syndicaliste...

Il éteignit l'allumette et la lança dans la fosse. Conway releva la tête.

— Vas-y, dit-il. Allez, vas-y ! Tu crois que c'est ça qui arrêtera le changement social et la colère des travailleurs. Ils en ont marre. Ils ont faim. Ils veulent que leurs enfants aient de quoi manger !

Pliant sa longue carcasse, Chicken Joe regarda dans le trou.

— Ecoute-moi, syndicaliste de mes deux. On n'en a rien à secouer de tes travailleurs et de leur mouvement. Tout ce qu'on veut, c'est que tu débarrasses le plancher et que tu nous laisses faire nos affaires comme on l'entend. (Il plongea la main dans sa poche intérieure et en sortit une grosse enveloppe qu'il agita au nez de Conway.) Ça, c'est la dernière offre, la der de der. Il n'y en aura pas d'autre. Tu signes ou tu ne signes pas ?

— Va dire à tes patrons qu'ils peuvent se torcher le cul avec.

Chicken Joe se tourna vers Willie le Gorille.

— Arrose-le-moi comme il faut. Je n'ai plus qu'une allumette.

Au moment où Willie atteignait la pompe, les phares de trois voitures trouèrent la nuit, braquant leurs faisceaux sur lui. Aveuglés, Chicken Joe et le Gorille tournaillèrent anarchiquement dans toutes les directions. Puis ils se ressaisirent, dégainèrent et plongèrent dans la fosse. Comme des soldats dans une tranchée, ils regardèrent prudemment par-dessus le bord du trou pour tenter de comprendre ce qui leur arrivait.

Un homme corpulent, bien vêtu, s'avançait paisiblement dans la lumière.

— Du calme ! cria-t-il en levant une grosse main.

Plaçant une main en visière sur ses yeux de cobra, Chicken Joe demanda :

— C'est Crowning ?

— Ça suffit, les gars ! répondit l'autre.

Inutile d'en dire plus, son ton était assez clair : le patron venait d'arriver. Rassurés mais étonnés, les deux bandits sortirent de la fosse.

— Qu'est-ce qui suffit ? s'enquit Chicken Joe.

Puis, baissant la voix :

— On avait presque réussi à l'amener où on voulait...

Mitraillette à la hanche, Noodles, Patsy, Cockeye et Max sortirent de derrière le camion. Ils braquèrent leurs armes sur le nommé Crowning.

De son ton éternellement serein et goguenard, Max déclara :

— Nous, c'est le patron qu'on a réussi à amener où on voulait.

Les deux hommes de main crispèrent le doigt sur la détente.

— Tout doux ! lança Cockeye. On échange les prisonniers, c'est tout. Si vous êtes sages, il n'y aura pas de bobo.

— Un patron contre un syndicaliste, précisa Patsy en décochant un petit coup de coude à Crowning.

— Ha ! mais vous avez vu qui c'est ? s'exclama Chicken Joe. Les croque-morts de Fat Moe ! Alors, ça marche le macchabée en ce moment ?

— Ça tourne gentiment, répondit Max. A propos, Chicken Joe, puisqu'on cause affaires, comment va ton cancer des boyaux ?

Une lueur sanguinaire passa dans les yeux de Chicken Joe. Max le regarda en riant puis ordonna :

— Délivrez-le !

D'un signe de tête, il indiqua Jimmy Conway, qui observait la scène avec intérêt et surprise mais sans aucune manifestation de soulagement et encore moins de sympathie à la vue de ses sauveurs.

— On n'a pas d'ordres à recevoir de vous ! hurla un Chicken Joe au bord de l'hystérie.

— Ce que tu peux être susceptible ! railla Max. On ne vous donne pas d'ordres, voyons... On vous dit simplement ce que vous avez à faire.

— Libérez-le, leur intima Crowning.

Aussitôt, le Gorille sauta dans la fosse et dénoua les liens qui enserraient les chevilles et les poignets de Conway. Lorsque ce fut fait, Cockeye tendit la main au jeune syndicaliste pour l'aider à sortir. Mais ce dernier l'ignora. Il sortit par ses propres moyens puis s'empressa de se débarrasser de son pardessus et de sa veste gorgés d'essence.

— Qui êtes-vous et qui vous a payés ? demanda-t-il d'un ton belliqueux.

— T'excite pas ! répondit Cockeye. C'est un copain à toi.

— Alors, allez lui dire que je ne veux pas que vous vous mêliez de nos affaires. Notre combat n'a rien à voir avec le commerce du tord-boyaux, de la came et des greluches.

Il tourna les yeux vers Crowning et ajouta d'un air dégoûté :

— Ça, c'est leur rayon, pas le nôtre. Bon Dieu, il y a quand même une différence entre eux et nous !

Noodles enleva son pardessus et le lui posa sur les épaules en disant :

— Tu l'as dit, il y a une différence, et de taille ! C'est eux qui gagneront, comme d'habitude. Et toi et tes gars, vous l'aurez dans le cul, comme d'habitude...

Crowning hocha la tête.

— Et plus vite que vous ne le pensez, promit-il avec un petit rire sarcastique.

Devant son quartier général, le chef de la police, M. Aiello, avait une allure de conquérant romain. Vêtu d'un uniforme bleu, un bouquet de fleurs à la main, il posait pour les photographes qui se bousculaient en tendant leurs flashes au magnésium par-dessus la meute des journalistes.

Puis, lentement, il se mit à descendre les marches de granit sous un feu roulant de questions.

— Monsieur Aiello, pourquoi avez-vous envoyé vos hommes à l'intérieur de l'usine ? demanda une jeune journaliste. La surprise a été totale, pour la presse, pour les syndicats, pour les grévistes surtout et, bien entendu, pour l'opinion...

— Que vouliez-vous que je fasse, charmante demoiselle ? Une déclaration de guerre ? L'effet de surprise est toujours un avantage pour ceux qui savent en tirer parti. D'ailleurs, il s'agissait d'une opération parfaitement pacifique.

— Mais, intervint un reporter, n'est-ce pas aller à l'encontre des nouvelles lois syndicales et du droit de grève ?

— Ecoutez, mon garçon, je suis chef de la police, pas chef des travailleurs. Ma tâche consiste à maintenir le calme, à faire respecter la loi et à protéger les biens.

— Les grévistes se sont-ils livrés à des violences qui auraient justifié votre intervention ?

— Ils risquaient de le faire, répondit Aiello. C'est ce que j'appelle de la prévention, et non de la répression.

La jeune femme reprit la parole :

— Mais vous avez permis aux « jaunes » d'entrer dans les lieux et de reprendre le travail !

— Je ne comprends pas ce mot, ma petite demoiselle. Si c'est à moi que vous vous adressez, parlez de chômeurs ou de travailleurs sans emploi !

Aiello était arrivé au bas de l'escalier. Il s'arrêta et reprit d'un ton tout à fait différent :

— Maintenant, avec votre permission, je vais aller porter ces fleurs à ma femme avant qu'elles ne soient fanées ou écrasées. Vous devez savoir qu'elle vient de me donner un beau petit garçon.

— Oui, lança un autre journaliste, il paraît même que c'est le plus jeune actionnaire de l'entreprise que vous avez fait occuper...

Le sourire d'Aiello disparut comme neige au soleil.

— Quoi ! s'exclama-t-il en virant au rouge foncé. Expliquez-vous, mon jeune ami ! Qu'est-ce que ça signifie ?

— On raconte que pour vous exprimer sa gratitude, la direction a adressé un petit cadeau au nom du bébé.

Empoignant le journaliste par le col, le chef de la police lui rugit dans les oreilles :

— Savez-vous que la diffamation est un outrage grave, surtout de la part d'un journaliste de seconde zone ? Vous voulez que je vous montre ce que ça peut vous coûter ?

Puis, sans transition, il retrouva son sourire et lâcha le jeune homme.

— Etant donné que c'est mon premier garçon après quatre filles, dit-il, je déclare l'amnistie. Mais un conseil : mesurez vos propos à l'avenir.

Sur ces mots, il ouvrit la portière de sa voiture, s'installa à l'arrière et ordonna :

— A la clinique !

Au moment où le chef de la police subissait l'assaut des reporters, quatre hommes en blouse blanche, portant des masques de tissu sur le visage, pénétraient dans la maternité.

La nurserie était une grande pièce rectangulaire, séparée du couloir par un mur de verre insonorisant. Une trentaine de berceaux étaient alignés le long de ce mur, de telle sorte que les visiteurs pouvaient voir les nouveau-nés sans les entendre brailler. Derrière un rideau, une porte permcttait d'accéder à la salle. Un bébé sur chaque bras, une infirmière sortit par une porte latérale qui donnait sur les chambres.

Avec l'air affairé des gens qui savent ce qu'ils font et où ils vont, les quatre hommes firent irruption par l'autre entrée. Trois d'entre eux s'avancèrent dans la nurserie tandis que le quatrième prenait position près du rideau.

Noodles prit un enfant dans un berceau et l'échangea avec un autre qui se trouvait dans la rangée suivante. Puis il se tourna vers Patsy qui se tenait prêt, papier et crayon en main.

— Quatorze transféré à vingt-six et vingt-six à quatorze.

— Dix-huit transféré à trente-deux et trente-deux à sept, annonça Max. Attention, ne te goure pas. Maintenant je transfère le sept dans le berceau dix-huit.

— Me gourer ? Moi ? Tu rigoles ? grommela Patsy en notant les indications. J'ai une meilleure mémoire qu'un bookmaker aveugle.

L'opération se poursuivit un long moment. Les bébés se mettaient à hurler plus fort à mesure que l'énervement les gagnait. Et, plus ils hurlaient, plus les jeunes gens accéléraient la cadence. De temps à autre, Cockeye tirait le rideau, observait l'activité frénétique déployée par ses amis et souriait sous son masque.

Soudain, il perçut un bruit de pas dans son dos, fit volte-face et se retrouva pratiquement nez à nez avec une jeune infirmière. Rapidement, il lut le nom sur la plaque patronymique qu'elle portait épinglée à sa blouse et, se plantant sur le pas de la porte, abaissa son masque.

Sans laisser à la jeune fille le temps de le questionner, il demanda d'un ton sévère :

— Eh bien, mademoiselle Thompson, vous n'étiez pas là pour nous accueillir ? Comment se fait-il ? La surveillante ne vous a pas avertie de notre arrivée ?

Prise au dépourvu, l'infirmière ne sut faire autre chose que secouer négativement la tête. De nouveau, Cockeye devança ses interrogations :

— Vous avez entendu parler de moi, naturellement ? Docteur Karlsberg, O.R.L. Je suis à New York en compagnie des docteurs Schumann, Carlucci et Freisberg à l'occasion du Congrès de pédiatrie parrainé par la fondation Carnegie. Mais... je me demande si nous ne nous y sommes pas rencontrés...

Assaillie par cette avalanche verbale, la malheureuse restait sans réaction. Cockeye décida de l'achever en changeant de tactique. Il la caressa d'un regard concupiscent.

— Voulez-vous dîner avec moi ce soir ?

Sa proposition sembla ramener l'infirmière à la réalité.

— Excusez-moi mais c'est l'heure de la tétée, dit-elle en essayant de passer.

— Ça me va, mais n'oubliez pas que l'idée est de vous...

— Oh ! Docteur Karlsberg !

— Allons, appelez-moi Alfred, ma jolie...

Surgissant de derrière le rideau, ses trois compagnons l'empêchèrent de pousser ses manœuvres plus avant. Il salua poliment d'un petit hochement de tête et leur emboîta le pas dans le couloir. A l'intérieur, le concert de vagissements était à son comble.

Chapitre XIII

Des montagnes de fleurs, quatre petites filles sages, l'imposante Mme Aiello, débordant presque de son lit et radieuse de sa fécondité, sur une chaise, son époux, non moins imposant et non moins radieux... Le clan Aiello semblait occuper la totalité de l'espace vital dans la petite chambre de la maternité.

Avec l'expression satisfaite d'un bienfaiteur de l'humanité, le chef du clan et de la police demanda :

— Alors, il mange bien ?

En matière d'alimentation des nourrissons, Mme Aiello n'avait rien à envier à personne. Ses plantureuses mamelles étaient là pour en attester.

— Comme cinq, répondit-elle avec un sourire de maman comblée.

Un si beau poupon, pourquoi se serait-il contenté de manger comme quatre ? Et puis cinq, maintenant, c'était le nombre de leurs rejetons.

Son mari se pencha en avant. D'une main émue, il caressa l'intarissable source.

— Heureusement que l'usine à lolo est à la hauteur, commenta-t-il. A propos, ce n'est pas à 4 heures que tu lui donnes sa tétée ?

— Si. Et justement, le voilà !

Une infirmière entrait, l'héritier dans les bras. Aiello se leva et la débarrassa de l'enfant.

— Bon Dieu ! s'exclama-t-il, comme il a changé déjà !

Examinant de plus près le minois du nouveau-né, il s'empressa d'ajouter :

— En tout cas, en voilà un que je ne peux pas renier. Le portrait craché de son vieux papa ! Il a les mêmes yeux et il pète le feu tout pareil. Au fait, poursuivit-il en se tournant vers sa femme, tu as bien vu sa petite quéquette ?

— Oh ! Vincent ! Les petites sont là ! protesta Mme Aiello, faussement scandalisée.

Le grand policier tourna son regard vers les quatre gamines silencieuses et un peu effrayées qui s'étaient rassemblées autour d'un fauteuil.

— Eh bien, fit-il, c'est le moment ou jamais de leur dire. Ecoutez-moi bien, les filles, après moi, c'est lui le chef de la famille.

Reportant des yeux émerveillés sur le bébé, il enchaîna d'un ton attendri :

— Celui-là, il en a deux, comme papa !

A cet instant, il sentit une chaleur insolite sur son avant-bras. Sa manche outremer avait presque viré au bleu roi à l'emplacement d'une grande tache d'humidité. Aiello regarda, grimaça et écarta l'enfant. Déjà, l'infirmière préparait une couche de rechange.

— Donnez-le-moi, dit-elle. Je vais m'en occuper.

— Non, non, laissez-moi faire. Je veux regarder sa... Enfin, je veux voir, quoi !

— Comme vous voudrez.

Le policier déposa le chérubin sur le lit et défit les épingles. Il regarda, recula comme s'il était victime d'une hallucination, regarda à nouveau et se mit à hurler :

— Qu'est-ce que c'est que ce cirque ?

Livide, l'infirmière contrôla le bracelet de l'enfant puis la liste qu'elle avait dans la poche de sa blouse.

— Mais... mais c'est le bon numéro..., bredouilla-t-elle.

Cette fois, ce ne fut pas un hurlement que poussa Aiello mais un rugissement de grand fauve :

— Quoi ! Qu'est-ce que vous racontez ? Je vais vous étriper ! Trouvez-moi mon fils sur-le-champ ou je bousille tout dans cette putain de clinique !

A la même seconde, le téléphone sonna. Aiello se précipita sur le combiné.

— Allô ! beugla-t-il avant même d'avoir décroché.

Il décrocha.

— *Allô !*

Il blêmit puis commença à transpirer à grosses gouttes.

— Quoi ? Comment ? Où est-il ? Mais qui est à l'appareil ?

Dans son lit, Mme Aiello pleurait à chaudes larmes.

***

L'écouteur à l'oreille, vêtu d'un smoking impeccable, Noodles était du dernier chic. Autour de lui, Max, Patsy et Cockeye étaient vautrés, le verre à la main, qui sur un sofa, qui sur un grand fauteuil. Malgré le décor rococo, il régnait pendant les heures creuses de l'après-midi une atmosphère paisible dans le bureau du bordel de Peggy. Noodles sourit à ses amis et haussa la voix afin que chacun puisse profiter de la conversation qu'il avait avec le chef de la police.

— Et où tu crois qu'il est ? Dans la nurserie, cette bonne blague ! Il n'en est jamais sorti. Seulement, le couchage ne lui convenait pas. Il commençait à avoir des escarres. Alors, on l'a changé de berceau.

Il écarta vivement le combiné pour éviter d'avoir les tympans endommagés par les vociférations d'Aiello.

Assise à son bureau, plus volumineuse que jamais dans sa robe criarde, Peggy était plongée dans ses comptes. De temps à autre, elle tournait la tête vers les quatre jeunes gens et leur adressait un clin d'œil.

— Calmez-vous, m'sieur Aiello, disait Noodles. Vous n'allez quand même pas me faire une crise cardiaque ! Il ne faut pas, si vous voulez avoir la joie de voir pousser ce joli bébé. Mais non, mais non, puisque je vous dis qu'il n'y a rien de cassé... Remarquez, heureusement qu'on était là pour veiller à ce que tout se passe dans l'ordre et la discipline. Dès qu'on l'aura décidé, on pourra vous dire comment remettre tous ces petits fripons à l'endroit où ils étaient. Vous me suivez ? Seulement, il faudra qu'on le décide et, pour ça on aimerait que vous aussi, vous fassiez preuve de bonne volonté. Franchement, pourquoi avez-vous été mettre votre gain de sel dans ces histoires de grève ? Dans un moment pareil, ce n'est pas raisonnable, m'sieur Aiello. Alors voilà : vous dites à vos hommes d'évacuer l'usine et vous laissez les ouvriers se débrouiller eux-mêmes avec leurs patrons. Vous me suivez toujours ? C'est ça, vous avez très bien compris la musique. Après ça, on vous donnera le numéro de votre fiston. Vous êtes une peau de vache, m'sieur Aiello, mais vous n'êtes quand même pas une ordure finie et c'est pour ça qu'on est d'accord pour vous aider. Compris ? Je vous rappellerai plus tard.

Noodles raccrocha et se tourna vers les autres.

— On peut dire qu'il a de la conversation, le père Aiello... Où est la liste, Patsy ?

— Attends que je réfléchisse..., répondit Patsy en se fouillant les poches d'un air légèrement embarrassé.

Il se leva pour mener ses recherches dans de meilleures conditions. Peggy et les trois hommes le regardaient faire en silence. Finalement, il écarta les bras.

— J'ai l'impression que je l'ai laissée dans cette blouse blanche à l'hôpital.

Puis son regard s'illumina.

— Mais je suis absolument sûr d'une chose, ajouta-t-il. Les garçons ont les numéros pairs et les filles les numéros impairs.

— Ça ira, soupira Noodles en haussant les épaules. On lui collera un numéro pair. Le huit, tiens. Avec un peu de chance...

— Tu as raison, approuva Cockeye. Ce qui compte, c'est de lui dénicher un lardon avec une quéquette.

— Et les autres ? demanda Patsy ennuyé.

Soudain, Cockeye bondit de son fauteuil.

— Nom de Dieu ! s'écria-t-il. Et si j'avais été échangé avec un autre à la maternité ! Vous vous rendez compte ?

Max se leva à son tour et déploya les bras comme un officiant prêt à prononcer une oraison.

— Messieurs, déclama-t-il gravement, nous voici avec des destinées entre les mains. Comme la roue d'une grande loterie, en quelque sorte. Certains tireront un bon numéro et d'autres l'auront tout bonnement dans le baba.

Ses comptes dans une main, une liasse de billets dans l'autre, Peggy s'extirpa de son siège de bureau et gagna le centre de la pièce.

— C'est samedi, messieurs, dit-elle, le jour du règlement.

Cockeye se planta face au mur et contempla un tableau représentant un groupe de nymphes et de satyres. Ecartant le tableau, il colla l'œil à un judas.

— Moi, déclara-t-il, je prends ma part en nature. Mais regardez-moi un peu tous ces jolis petits lots ! Des pouliches pareilles, je passerais mes journées entières à leur faire des gâteries.

Dans la pièce, Noodles regarda la liasse de billets.

— C'est trop, Peggy, dit-il.

— Qu'est-ce qui t'arrive à toi ? Tu voudrais que les affaires marchent moins bien ?

Prenant la parole au nom de tous, Patsy commença :

— Voilà, Peggy, on a discuté de la question...

Jonglant avec les billets, Noodles prit la relève :

— Plus de partage des bénéfices. La maison est à toi. Disons que ce paiement correspond à la première traite...

Cockeye qui avait toujours l'œil sur le judas, s'exclama :

— Ça alors ! Hé, les gars ! Venez donc voir qui est là !

Tout en allant le rejoindre, Max demanda à Peggy :

— Ça te va, Peg ?

Quoique reconnaissante, Peggy avait les pieds bien sur terre.

— C'est gentil de votre part, les gars, mais non merci. Je préfère continuer comme avant. Jusqu'à présent, je n'ai jamais eu un pépin parce que tout le monde sait que je suis en association avec vous. Pas de percepteurs, pas d'enquêtes, pas de descentes de flics...

Max remplaça Cockeye devant le mur. Il regarda dans le judas et, l'air ravi, appela :

— Noodles ! Une vieille connaissance.

Noodles vint regarder. Max précisa :

— A côté du phono. Tu la vois ?

Effectivement, Noodles eut l'impression d'avoir déjà rencontré cette jeune prostituée mais il ne pouvait se rappeler où.

— Qui c'est ? demanda-t-il.

— Comment ! fit Max, jouant le bon jeune homme scandalisé. Tu l'as oubliée ? Mais tu as failli la demander en mariage !

Ne voulant pas être en reste, Cockeye y alla aussi de son numéro :

— Frappe-moi ! Vas-y ! gémit-il d'une voix lascive. Allez, cogne, grosse brute ! J'aime ça...

— Putain de nom de Dieu ! cria Noodles en se donnant un coup de poing sur le front. Ça y est ! C'est ma bandeuse de Detroit !

Patsy se rua sur le judas tandis que Max se tournait vers Peggy :

— Appelle-nous la rouquine avec la robe à fleurs, si tu veux bien. Dis-lui qu'elle a tout un groupe d'admirateurs ici.

Aussitôt dit, aussitôt fait. Peggy ouvrit la porte et cria :

— Hé ! Carol ! Monte ici une minute, s'il te plaît !

Lorsque la jeune femme arriva, elle ajouta :

— J'ai des amis à toi ici.

— Ça m'étonnerait, répondit Carol. Des amis aussi baths, je ne les aurais pas oubliés.

Le sourire aux lèvres, elle examina les quatre jeunes gens d'un œil intrigué. Max sortit un mouchoir de sa poche et se le noua sur le visage. Les autres l'imitèrent immédiatement et le sourire de Carol s'élargit.

— Bien sûr ! dit-elle. Maintenant, je vous reconnais. Il faut dire à ma décharge que je n'avais lié connaissance qu'avec un seul d'entre vous, ajouta-t-elle avec une malice non dissimulée.

— Lequel ? demanda Max en déboutonnant sa braguette. Voyons voir si tu es physionomiste.

Il sortit son sexe et l'agita devant Carol. Les autres l'imitèrent à nouveau. Très concentrée, Carol passa les troupes en revue et, finalement, désigna Max.

— C'est toi !

— Raté. C'était lui, dit Max en indiquant Noodles.

Voyant que la jeune femme paraissait sincèrement navrée, Noodles jugea bon d'intervenir :

— Voyons, dit-il d'un ton bonhomme. On fait tellement de choses ensemble qu'on finit par se ressembler.

— Surtout qu'on a le même col roulé, ajouta Max.

Carol se mit à rire puis pointa le doigt vers le sexe de Noodles :

— Ainsi donc, nous nous sommes déjà rencontrés.

Passant devant lui, elle alla doucement serrer le pénis de ses trois compagnons en se présentant à chaque fois :

— Je suis Carol. Enchantée de faire votre connaissance... Quel plaisir de vous rencontrer... Bonjour, vous ! Je suis positivement rââvie...

Elle s'attarda sur Max.

— Mais tout le plaisir est pour moi, répondit-il poliment.

Tirant sur le mouchoir, Carol le gratifia d'un long baiser sensuel.

— Alors tu as quitté Detroit ? demanda Patsy en refermant sa braguette.

— Non, dit Peggy à la place de Carol. Elle ne vient ici que le week-end avec son mari. Elle se farcit dix clients. Pendant ce temps-là, son légitime s'installe de l'autre côté du mur et se rince l'œil par un petit trou.

Cockeye eut une mimique d'approbation.

— C'est vrai que c'est mieux que d'aller s'étaler sur une plage. C'est même mieux que le cinématographe.

Carol ne libéra les lèvres de Max que pour coller ses hanches contre lui et commencer à onduler au rythme de la musique qui leur parvenait de l'autre pièce.

Patsy se tourna vers Noodles.

— D'après toi, qu'est-ce que fait monsieur l'assureur dans son placard à balais ?

— D'après moi, il se dit : « Qu'est-ce que ma putain de femme est encore en train de branler ? »

Tout en dansant, Carol attira Max vers Noodles. Lorsqu'elle fut assez près, elle lui caressa l'entrejambe en proposant :

— Qu'est-ce que tu dirais d'une petite partie triangulaire ?

— Enfin, répliqua Max. Tu ne vois pas qu'il s'est mis sur son trente et un ? Tu dois bien te douter qu'il a d'autres projets pour sa soirée.

D'une voix encore plus caressante que ses mains, Carol suggéra :

— Amène-la ici. On se fera une partie carrée.

Noodles la repoussa et alla prendre le pardessus et le foulard de soie qu'il avait posés sur le dossier d'un fauteuil.

— Tu t'es gourée de client, lança-t-il à Carol tout en s'habillant. Je te flanquerais bien une bonne raclée mais ça te ferait trop plaisir.

Puis, le visage de cire, il se tourna vers les autres et salua.

— Bonne soirée, messieurs... et mesdames. Si quelqu'un me demande, je suis de sortie.

Certes les temps étaient difficiles pour de nombreux Américains. Mais qui aurait pu le croire en regardant la foule, les voitures, les néons scintillants et la vie tapageuse de Broadway ? Les pièces à succès se jouaient depuis des semaines, des mois, voire des années et les salles combles attestaient que certains au moins avaient de l'argent à dépenser.

Il était 23 heures. Dans la plupart des théâtres et music-halls, les rideaux étaient tombés. La porte de sortie des artistes commença à déverser un flot de girls. Certaines s'éloignaient par petits groupes en bavardant. D'autres rejoignaient un fiancé ou un monsieur d'âge mûr au compte en banque bien garni. Une foule d'admirateurs se pressaient sur le trottoir, espérant entrevoir une vedette ou, avec un peu de chance même, glaner un autographe. Le cœur battant à tout rompre, Noodles se tenait à l'écart de la bousculade. Deborah avait été éblouissante et, maintenant, il l'emmenait dîner.

La porte s'ouvrit. Elle apparut sur le seuil en robe du soir, une fourrure négligemment jetée sur les épaules. La foule s'écarta, subjuguée. Des yeux admiratifs et envieux regardèrent la star se diriger droit vers Noodles qui la salua d'une courbette et lui tendit un bouquet de fleurs.

— Je t'ai fait attendre longtemps ? demanda-t-elle.

— Toute ma vie, répondit Noodles en lui passant un bras autour des épaules.

En l'escortant vers la voiture, il adressa un clin d'œil au chauffeur qui lui retourna un grand sourire admiratif.

Chapitre XIV

Le restaurant était très bien choisi : élégant et situé en bord de mer à la pointe de Long Island. Noodles guida Deborah sous la véranda puis à l'intérieur. Une employée de vestiaire très jolie se chargea de la fourrure et du pardessus. Ensuite, un maître d'hôtel s'avança. Ayant salué les deux jeunes gens avec une déférence que l'on aurait pu croire réservée aux couples de souverains en visite, il les invita à le suivre dans la salle. L'orchestre jouait une valse en sourdine. Les musiciens portaient des smokings, de même que les garçons, alignés en rang d'oignons, qui semblaient n'attendre qu'un battement de paupières pour entrer en action. Près d'eux, se tenait une vendeuse de cigarettes en jupe courte et bas à résille et, derrière la vendeuse, des aides-serveurs prêts à apporter l'eau, le pain, le beurre, ou tout ce que pouvait désirer la riche clientèle. Car il fallait nécessairement être riche pour fréquenter un établissement de cette catégorie.

Sur les nappes blanches, l'argenterie et le cristal rivalisaient de faste avec la porcelaine fine. Bien que l'on fût en hiver, chaque table était agrémentée d'un vase de fleurs fraîchement coupées. Au centre de la salle, un vaste buffet croulant sous les viandes, le homard, les hors-d'œuvre divers était décoré d'un cygne sculpté dans un bloc de glace.

Toutes les tables étaient préparées pour deux personnes. Et toutes étaient inoccupées !

Le maître d'hôtel attendait au garde-à-vous. Deborah regarda Noodles d'un œil interrogateur.

— Tu m'as bien dit que tu aimerais dîner au bord de la mer ? répondit-il. Seulement, la saison n'est pas commencée et les restaurants sont fermés. Alors, j'ai fait ouvrir celui-ci et j'ai demandé uniquement des tables pour deux. Tu n'as qu'à faire ton choix.

Incrédule et émerveillée, Deborah secoua la tête en riant. Elle désigna une table près d'une fenêtre donnant sur l'Océan. Le maître d'hôtel lui avança une chaise, fit un signe au sommelier et à l'armée de serveurs, puis il ouvrit le menu en présentant quelques suggestions.

— Si Madame aime le gibier, nous avons un incomparable *civet de lièvre* *. Mais si elle préfère quelque chose de plus simple, je me permettrai de lui conseiller la *blanquette de veau aux girolles* *...

Deborah l'interrompit.

— En entrée, je prendrai des *asperges à la vinaigrette* * et, ensuite, un *chateaubriand à la moelle* *.

— *Pommes frites* * ?

— *Naturellement* *.

— *Comme dessert, la tarte aux fraises* *...

— Je choisirai plus tard, coupa Deborah.

L'homme se tourna vers Noodles :

— *Et Monsieur* * ?

Rougissant jusqu'à la racine des cheveux, Noodles répondit nerveusement :

— Euh... pareil que Madame.

— *Ah ! la même chose* *..., traduisit le maître d'hôtel. *Très bien, Monsieur* *.

Sur un claquement de doigts, l'armée de serveurs se mit au travail. Le maître d'hôtel disparut et le sommelier vint le remplacer, portant son taste-vin au bout d'une chaîne comme un talisman.

— Si Monsieur veut bien consulter la carte des vins...

Monsieur appela Madame à la rescousse d'un coup d'œil désespéré.

— Pour le vin, ne t'occupe pas de moi, dit Deborah. Je ne bois que de l'eau.

D'un geste emprunté, Noodles congédia le sommelier. Puis, se ravisant, il lança dans son dos :

---

* En français dans le texte.

— Choisissez vous-même, mon ami. Je vous fais confiance.

Il commençait à se sentir dans ses petits souliers lorsqu'il se tourna vers Deborah :

— Eh bien, on dirait que tu as roulé ta bosse, toi. *Parley-voo fransay* et tout et tout... Et cette boustifaille bizarroïde ne semble avoir aucun secret pour toi...

Malgré lui, une pointe de jalousie transparaissait dans sa voix. Deborah sourit et lui tapota gentiment la main.

— Tu crois que je suis la maîtresse d'un vieux rupin qui m'a appris à me tenir dans la bonne société et à passer une commande dans un restaurant chic ? Pas du tout. Je suis assez grande pour faire mon éducation toute seule, Noodles. Je lis et je m'instruis. Je veux tout apprendre, tout connaître, je veux... ou plutôt je ne veux pas redevenir ce que j'étais. A aucun prix. Voilà mes projets et je fais tout ce qu'il faut pour les mener à bien.

— Ça me plaît comme projets mais ce qui me plairait plus, ce serait d'en faire partie.

— Si tu veux savoir, tu es la seule personne...

— Vas-y. Dis-le. Je veux savoir.

— Tu es la seule personne qui ait jamais compté pour moi. Seulement...

Souriant de l'attention intense avec laquelle Noodles la regardait et buvait ses paroles, Deborah essaya de conclure sur le mode de la plaisanterie.

— Seulement tu me bouclerais et tu irais jeter la clef dans East River, pas vrai ?

— C'est bien possible, admit Noodles avec un haussement d'épaules fataliste.

— Le pire, c'est que je risquerais d'aimer ça.

— Eh bien, alors ?

— Alors, j'aimerais peut-être ça, mais seulement au début. Ça ne durerait pas. Je me suis fixé un objectif, Noodles, et je suis décidée à l'atteindre.

— Ah ! Et on peut le connaître, cet objectif.

— Bien sûr, il est très simple. D'ailleurs, c'est celui de tout le monde : réussir. A cette différence que moi, je vise le top niveau.

Elle fixait Noodles droit dans les yeux. Il soutint son regard.

— Réussir... Réussir..., dit-il finalement. Tu me fais penser à Max, tiens. Etre le meilleur, le plus grand ! Il n'a que ça dans la bouche. Vous êtes bien pareils, tous les deux, et c'est pour ça que vous ne pouvez pas vous voir en peinture.

— Dis donc, tu veux que je te plante là et que je parte en claquant la porte ?

Noodles sentit qu'il l'avait égratignée. Il se radoucit et l'irritation de Deborah se dissipa immédiatement.

— Tu veux danser ? demanda-t-elle en s'amusant à prendre un fort accent d'immigrant juif.

Noodles eut une seconde de surprise, puis il se rappela le vieux rituel.

— Tu me demandes ?

— Je te demande, confirma Deborah.

— D'accord, je danse.

Ils se levèrent à l'unisson et se dirigèrent vers leur piste de danse privée. Noodles enlaça sa cavalière. Au même instant, un ballet de serveurs vint apporter les hors-d'œuvre. Mais, serrés l'un contre l'autre comme des amants, les deux jeunes gens jugeaient avoir mieux à faire que de passer à table.

Les étoiles scintillaient, innombrables, dans le firmament. Un croissant de lune satiné caressait l'horizon marin de ses rayons d'argent. Les vagues claquaient sur la plage au rythme de la musique qui s'élevait derrière les dunes. A la demande de Noodles, l'orchestre jouait *Amapola.*

Une légère brise océane soulevait les tabliers blancs de deux serveurs qui montaient la garde, munis de champagne et de coupes, près du tapis persan étalé sur le sable. Le visage enfoui dans son bouquet d'œillets, Deborah écoutait. Allongé sur le dos, les doigts croisés derrière la nuque, Noodles parlait d'une voix si douce que, parfois, les mots se perdaient dans le murmure des vagues et de la musique.

— Quand on se levait, il faisait encore nuit et on se couchait quand il faisait encore jour. Pourtant, toutes ces années en prison ont filé comme une flèche. C'est drôle comme on ne voit pas le temps passer quand on n'a rien à faire...

Il se tourna vers Deborah en s'appuyant sur un coude et contempla sa jolie silhouette.

— Je vivais en rêve, reprit-il. Et deux choses occupaient

ce rêve : la façon dont Dominic avait dit : « J'ai glissé » avant de mourir... et toi.

Immobile comme un marbre, Deborah ne broncha pas. Etait-elle éveillée ? Oui, quelque chose dans l'inclination de sa tête disait à Noodles que rien ne lui échappait.

— Tu te souviens quand tu me lisais le Cantique des Cantiques ? demanda-t-il. Là-bas, l'aumônier m'avait pris à la bonne parce que j'étais tout le temps en train de lui emprunter sa bible.

Il cita :

— *Que tes pieds sont beaux dans des sandales, ô fille de prince...*

Puis il avança la main et, délicatement, lui caressa la jambe.

— Je le lisais le soir avant d'aller me coucher et ça me faisait penser à toi. Tiens, je me rappelle un autre passage : *Ton nombril est une coupe ronde où le vin ne manque pas, ton ventre est une gerbe de blé bordée de lys. Tes seins sont des grappes de raisin, ton souffle a la senteur douce des pommes...*

Il se redressa et lui prit le visage entre les mains avec une tendresse infinie, une tendresse qu'il n'aurait jamais cru posséder en lui.

— Jamais personne ne t'aimera comme je t'ai aimée en prison quand je me masturbais en lisant la Bible. Et, quand je ne pouvais plus supporter la séquestration, je me répétais : « Dehors, il y a Deborah. Deborah vit. Deborah existe. » Ça me permettait de tenir le coup.

Elle commença un geste, comme pour le caresser puis, lentement, lui prit les mains, les écarta de son visage et le regarda dans les yeux.

— Je pars demain soir, Noodles. Je vais à Hollywood. C'est pour te le dire que j'ai voulu te voir aujourd'hui.

***

Effondré sur la banquette arrière, Noodles avait les yeux fixés sur la vitre. Le ciel se couvrait et il distinguait seulement de gros arbres noirs qui semblaient se jeter sur la Rolls comme des anges exterminateurs. De temps à autre, une voiture les croisait, éclairant un instant la tête du chauffeur. Puis le faisceau des phares passait comme un météore et filait dans la nuit.

Assise près de lui, Deborah gardait le silence. Consciente de sa peine, elle lui prit une main et la pressa doucement. Noodles lui retourna sa pression mais avec une ardeur telle qu'elle laissa échapper un petit cri de douleur. Elle ne recula pas quand il se serra contre elle. Elle se laissa même enlacer puis répondit avec fougue à un baiser féroce. Mais, lorsqu'elle voulut s'écarter de lui, Noodles la retint et continua à l'embrasser sauvagement. Toute sa tendresse s'était envolée pour faire place à un déferlement de colère et de violence trop longtemps refoulées.

Il se mit à l'embrasser dans le cou, puis sur les épaules après avoir jeté au sol son manteau de fourrure. Essayant de le repousser mais n'y parvenant pas, Deborah découvrit l'autre facette de sa personnalité : un Noodles dur, impitoyable, un gamin des rues qui, de petit voleur, était devenu un tueur sans remords. Un homme qui ne connaissait qu'une manière d'obtenir ce qu'il voulait : prendre en écrasant tous les obstacles qui se dressaient entre lui et l'objet de son désir.

Il lui déchira sa robe de soie, lui arracha ses sous-vêtements et commença à la molester, lui pétrissant et lui griffant le cou, les épaules, les seins. Ensuite, il lui appliqua une main sur la bouche, l'empoigna par les cheveux et la coucha brutalement sur la banquette. Introduisant un genou entre ses jambes, il la força à les écarter, la pénétra et lui infligea ses assauts avec un acharnement animal. Deborah se débattit furieusement et parvint à écarter la main qui lui clouait la bouche. Elle poussa un hurlement suraigu.

La voiture stoppa dans une secousse qui les précipita sur le plancher. Le chauffeur ouvrit la portière, les regarda avec des yeux effarés.

— Vous voulez la tuer ! cria-t-il.

Comme s'il venait de recevoir un seau d'eau froide, Noodles se calma. Stupéfait de cette violence qu'il n'avait pu maîtriser, il se releva et sortit sur la route en remettant de l'ordre dans sa tenue. La honte lui nouait le ventre. Les vêtements lacérés, souillés de sang, Deborah gisait, à demi inconsciente entre la banquette et les dossiers du siège avant. Le chauffeur l'aida à se rasseoir. Presque aussitôt, elle ouvrit sa portière, s'effondra à l'extérieur et se mit à vomir dans l'ornière, le corps secoué de soubresauts convulsifs. Lorsque ses spasmes furent calmés, elle se redressa, l'air hagard, essuya de son mieux le sang qui lui maculait le buste et les cuisses, attrapa sa fourrure et s'enveloppa dedans.

Noodles détourna la tête, incapable de la regarder en face, incapable d'admettre la réalité de ce qu'il avait fait. Finalement, elle remonta dans la Rolls et se recroquevilla sur la banquette comme une bête traquée.

— Reconduisez-la, dit Noodles en tendant un gros billet au chauffeur. Je rentrerai à pied.

L'homme prit la coupure, hocha la tête d'un air appréciateur, puis la plia en quatre et la remit dans la poche extérieure de la veste de Noodles. Sans un mot, il claqua les portières arrière, reprit sa place au volant et démarra, laissant Noodles seul dans la nuit avec, devant lui, une vie entière pour se souvenir de ce qu'il avait fait ce soir-là.

∴

Deux valises, un manteau de fourrure plié par-dessus, étaient posées près de la table. Un porteur entra dans le buffet. Très pâle mais élégante, Deborah finit son café, consulta son addition et plaça de l'argent dans une soucoupe. L'homme souleva les valises, Deborah enfila son manteau et le suivit dans le hall de la Grande Gare Centrale. Le panneau d'affichage leur indiqua la voie où le *Twentieth Century Limited,* à destination de Los Angeles via Chicago, s'apprêtait à prendre le départ.

Noodles s'était procuré un imperméable et une écharpe qui cachaient tant bien que mal ses vêtements godaillants. Décoiffé, à bout de souffle, les joues râpeuses de barbe, il traversa la gare au pas de course et aperçut Deborah de dos. Elle remontait le train à la recherche de son compartiment.

Lorsqu'il atteignit le quai, elle avait disparu. Il se mit à courir d'une voiture à l'autre, en sautant pour voir les têtes à travers les vitres et en se retournant sur toutes les femmes brunes en manteau de fourrure qui semblaient chercher un wagon.

Finalement, il la trouva, visage blême et tiré, derrière une vitre.

Deborah tourna la tête, vit Noodles, hirsute, qui la regardait et le toisa d'un œil glacial. Puis elle tira lentement le rideau. Il était à jamais rayé de sa vie.

Chapitre XV

Comme presque tous les bars et boîtes de nuit, le cabaret de Fat Moe avait quelque chose de blafard à la lumière du jour.

Douché, rasé, vêtu d'un costume impeccable, Noodles avait fait peau neuve. Il sortit du monte-charge et traversa la grande salle désolée qui, dans quelques heures, allait redevenir ce lieu magique où les gens venaient s'étourdir de musique et d'alcool pour oublier leur réalité quotidienne.

Un air de flûte filtrait par la porte entrebâillée du bureau. L'éternel refrain de Cockeye... L'air du souvenir et, pour Cockeye, une indispensable soupape. Un demi-sourire se forma sur les lèvres de Noodles. Il poussa la porte et entra.

Il s'arrêta net, médusé par la scène qui s'offrait à ses yeux. Un immense siège de bois, doré et sculpté comme le trône d'un Mogol, était dressé près du mur. Sur le trône, Max, un cigare ventru entre les dents. A ses pieds, sur une chaise si basse qu'il semblait assis par terre, Cockeye, sa petite flûte à la bouche.

Patsy avait un gros pansement sous l'oreille. Il se tenait debout près de Max qui le dominait de plusieurs têtes. Carol aussi était là. Le bout des fesses posé sur un angle de la table de billard, elle faisait rouler les boules d'une main distraite. Dans un autre angle, Fat Moe s'employait à coller dans un album une masse de coupures de presse qu'il avait étalées en partie sur le bureau, en partie sur la table de billard. Il regarda Noodles entrer puis tourna un visage inquiet vers Max.

Noodles les passa en revue d'un rapide coup d'œil circulaire puis centra son attention sur Max qui enleva le barreau de chaise de sa bouche et s'écria :

— Regardez donc qui voilà ! Un revenant !

Ignorant son sarcasme, Noodles s'approcha du trône et examina les sculptures d'un œil critique.

— Qu'est-ce que c'est que ça ? demanda-t-il enfin.

— Un trône, répondit Max, tout fier. Un vrai. Il a appartenu au roi de Bohême. Huit cents billets verts.

— Et du XVIe siècle, s'il vous plaît, ajouta Carol qui semblait avoir envie de manifester sa présence.

Noodles s'adressa à Max, comme si elle n'existait pas.

— Et à quoi ça sert ?

— A m'asseoir, dit Max.

Soudain, il sauta au bas de son piédestal et alla jusqu'au bureau dont il ouvrit le tiroir central. Il prit un rouleau de billets qu'il lança à Noodles.

— Le Syndicat a casqué. Voilà ta part.

Regagnant rapidement son trône comme s'il craignait de le voir usurpé en son absence, il ajouta :

— Pendant que tu prenais des vacances, nous on a fait des heures supplémentaires.

— Ouais, maintenant, on a même le respect de Jimmy la Vertu, renchérit Patsy en indiquant son pansement. Vise un peu ça. J'ai versé mon sang pour la solidarité, l'augmentation des salaires et l'amélioration des conditions de travail.

Fat Moe intervint en agitant quelques feuilles de journaux.

— Viens voir par ici, Noodles. Ils racontent tout là-dedans. Au *Daily Telegraph*, par exemple, y z'ont pas apprécié. Ecoute un peu : *Les grévistes lancent une action brutale avec le soutien de la pègre.*

Noodles approcha, prit le journal et lut le gros titre :

Des gangsters organisent un coup de force dans une usine occupée par les travailleurs en grève. Aucune intervention des forces de l'ordre.

— Mais au *Post*, y z'ont aimé, poursuivit Fat Moe. Regarde : *Affrontement décisif entre factions rivales. La fin justifie les moyens*. Quand je pense que c'est les mêmes qu'ont pleurniché comme pas permis après l'affaire d'Atlantic City...

Cockeye délaissa sa flûte le temps de dire :

— Ces connards de journalistes ne savent pas ce qu'ils veulent.

Noodles soupesa le gros rouleau de billets dans le creux de sa main.

— Vous auriez pu me chercher, reprocha-t-il.

— On t'a cherché, répondit Max. On t'a même trouvé. C'est Cockeye qui a eu l'honneur de te dénicher chez le Chinetoque. Tu étais tellement défoncé que tu ne l'as pas reconnu.

De nouveau, Cockeye lâcha sa flûte.

— Tu m'a appelé « Deborah », mon gros chou, fit-il en minaudant.

Brusquement, Fat Moe redoubla d'attention pour ses activités de collage.

Noodles s'assit, bouillant de rage.

— Et alors ? grommela-t-il. Je fais encore ce que je veux ! C'est mes oignons, non ?

Max redescendit de son perchoir et s'avança vers lui.

— C'est peut-être tes oignons, seulement on bosse ensemble et tes histoires de gonzesses n'ont pas à entrer dans nos affaires !

Noodles tourna les yeux vers Carol.

— Alors qu'est-ce qu'elle fout ici, celle-là ? Detroit ne lui suffisait pas ? Pourquoi elle ne va pas se faire culbuter sur la chaîne de montage à l'usine de River Rouge ? Ça lui irait bien, pourtant.

Carol sauta de la table de billard, vint se planter aux côtés de Max et déclara :

— Parce que c'est ici qu'elle se fait culbuter, par lui exclusivement, et que ça lui va beaucoup mieux !

— Pendant que ton mari regarde par le trou de la serrure ?

— Si ça t'intéresse, mon cher, sache que je l'ai plaqué.

— Alors, comme ça, vous vivez ensemble, siffla Noodles à l'adresse de Max. Tu l'amènes ici à un rendez-vous de travail, et c'est toi qui te permets de me dire de ne pas mélanger les histoires de gonzesses avec les affaires...

Max approcha son visage de celui de Noodles et, lorsqu'ils furent nez à nez, hurla :

— Tu n'oublies qu'une chose, mon petit pote, c'est que moi, je n'en ai rien à foutre de celle-là ! Mais alors, rien de rien ! Voilà la différence !

— Maxie..., pleurnicha Carol, comme si elle venait de recevoir une gifle.

— Où vous avez passé votre week-end ? ricana Noodles. Au claque de la grosse Peggy ?

Ne jugeant pas utile de relever la pique, Max désigna Carol d'un geste du pouce et demanda :

— Tu veux que je la largue ?

L'intéressée essaya d'intervenir mais aucun son ne sortit de sa gorge nouée. Noodles fixait Max en silence.

— Réponds ! Tu veux que je la sacque avec mon pied au cul ?

Noodles restait toujours muet.

— Alors ! glapit Max exaspéré. Est-ce que, oui ou non, tu veux que je la foute à la lourde à coups de botte dans le prose ?

Noodles regarda Carol. Il se mit à rire doucement puis ce fut l'escalade, le fou rire énorme, les hurlements incontrôlables. Peu à peu son hilarité gagna Max puis Patsy, puis Cockeye. Même Fat Moe fut contaminé. Quoique un peu nerveux, il finit par se joindre au concert.

Furieuse, Carol attrapa son sac et ses gants. Sans un mot, elle traversa la pièce d'un pas raide, sortit et claqua la porte derrière elle. Max et Noodles s'esclaffaient encore lorsque le téléphone sonna.

⁂

A l'exception d'un employé, le petit magasin du centre de Manhattan était désert. Jimmy Conway entra dans la cabine téléphonique, glissa quelques pièces dans la fente et composa son numéro.

Dès qu'il entendit décrocher, il annonça :

— C'est Jimmy. Qui est à l'appareil ? Max ?

— Non, c'est Noodles, répondit une voix à l'autre bout du fil.

— O.K., dit Jimmy, on va avoir besoin de vous pour aujourd'hui.

Dans la rue, un camion plein de ses camarades grévistes attendait. Tout en le regardant à travers la vitrine, Jimmy exposa :

— Voilà. Je vais les moucher avec un speech sanglant et il va falloir que vous...

Il n'acheva pas sa phrase. Noodles entendit le staccato d'une arme automatique, un fracas de verre brisé, de nouveaux coups de feu et ce fut le silence, sinistre.

— Merde ! cria-t-il en se tournant vers les autres. Ils l'ont descendu !

Des éclats de voix lui parvinrent dans l'écouteur, suivis de hurlements de pneus puis d'un murmure haletant :

— Allô... C'est Jimmy. Ils... ils m'ont eu... J'ai salement morflé. Deux types dans... dans une voiture de tourisme. Je... les ai reconnus. L'espèce d'énorme singe... et l'autre grand... maigre comme un clou... avec un cou de poulet...

***

Flanqué de ses deux laquais, Chicken Joe et Willie le Gorille, Crowning remontait le trottoir d'un pas nerveux. Les deux parties s'étaient entendues pour organiser une rencontre mais cela ne suffisait pas à le rassurer. Dans son travail, on n'était jamais en sécurité. Il l'avait appris au début de sa carrière en voyant un de ses amis abattu sous ses yeux. Les trois hommes firent un tour d'horizon. Apparemment, tout était normal.

Leur voiture était garée de l'autre côté de la rue. Mais, contrairement à ce qu'on aurait pu penser, ce n'était pas de traverser au milieu de la circulation qui les inquiétait. Crowning regarda prudemment à droite puis à gauche. Jugeant que le champ était libre, il adressa un signe de tête à ses acolytes. Les voitures étaient arrêtées par un feu à une centaine de mètres et, à l'exception de deux Noirs qui poussaient un chariot de linge vers l'entrée de service d'un hôtel, la rue était déserte.

Précédant Crowning, Chicken Joe et Willie s'engagèrent sur la chaussée. Ils n'avaient pas encore atteint la bande médiane lorsqu'une longue rafale crépita. Au moment où les deux hommes de main s'écroulaient, Max et Noodles émergeaient du chariot, une mitraillette fumante sous chaque bras. Une voiture s'arrêta dans un crissement de freins. Cockeye tenait le volant. Patsy sauta sur le trottoir, armé, lui aussi, de deux mitraillettes qu'il braqua sur le chariot pour couvrir la retraite de ses amis. Noodles et Max foncèrent, tête baissée, et bondirent sur le marchepied. Patsy les rejoignit au moment où Cockeye repartait sur les chapeaux de roues.

Crowning, indemne, resta figé sur place. Puis, lentement, il s'éloigna à reculons des cadavres de Willie et Chicken Joe. Quelques instants plus tard, blanc comme un linge, le dos collé au mur de l'hôtel, il prenait une sage décision. Pour lui, ce petit jeu avait assez duré. Il était temps qu'il se retire avant d'y laisser sa peau.

Le bouchon de champagne sauta, ricocha au plafond de la chambre d'hôpital et retomba sur la tête du patient plâtré allongé sur un lit. Malgré ses membres inférieurs immobilisés, Jimmy Conway éclata de rire comme tout le monde.

— Sors ton bouclier ! cria quelqu'un au moment où le « pop » d'un second bouchon se faisait entendre.

— Abattu par une rafale de Cordon Rouge ! s'esclaffa Patsy. Ce que les autres minables n'ont pas réussi à faire avec leurs sulfateuses, Cockeye l'a fait au premier bouchon. Paf ! En plein dans la cafetière !

Levant son verre débordant de mousse, Max observa :

— Dis donc, mon pauvre Jimmy, si tes gars te voyaient en ce moment, tu ne pourrais plus jamais les faire filer doux, même avec un fouet.

Conway regarda tour à tour les cinq hommes qui se bousculaient dans la petite chambre. Il y avait Noodles, Max, Patsy, Cockeye et un politicien du nom de Sharkey.

— C'est vous qui maniez le fouet, répondit-il, une pointe d'amertume dans la voix.

— On a gagné, répliqua Max. C'est ça qui compte, et rien d'autre !

Noodles remplit un verre et le tendit au jeune syndicaliste.

— C'est dur, hein Jimmy, de ne pas être là-bas pour la signature de l'accord ?

— Oui, mais le plus dur, c'est de voir que vous avez expédié en une journée ce que je n'ai pas pu mener à bien en deux ans.

Sharkey, un homme au visage doux, prit la parole pour la première fois :

— Quand je pense que vous les regardiez de haut. Vous avez eu de la chance que mon parti et moi-même nous soyons intéressés aux perspectives offertes par votre mouvement.

Il leva son verre pour un toast :

— A la personnalité la plus explosive du monde du travail : le nouveau leader syndicaliste Jimmy Conway !

Tout le monde leva son verre et but joyeusement. Puis Conway baissa le regard vers sa jambe. A cet instant, la surveillante du service entra, suivie de deux internes. Lorsqu'elle vit le verre de champagne dans la main de son malade, on eut l'impression que les yeux allaient lui sortir de la tête. Telle une harpie, elle plongea sur l'objet du délit, le confisqua puis se tourna vers les visiteurs en les injuriant et en les traitant de criminels.

— Ah bon, ça se voit tant que ça ? fit Cockeye d'un ton patelin.

La virago n'entendit même pas sa remarque. Prenant les internes à témoin, elle rugit :

— Vous vous rendez compte ? Ils le font boire alors que nous allons le descendre au bloc opératoire !

— Pourquoi tenez-vous tant à m'opérer ? protesta Conway. Puisque, de toute façon, je resterai bancal...

Les cinq hommes suivirent le lit roulant jusqu'à la porte.

— Allons Jimmy, détendez-vous, mon gars ! dit Sharkey. Comme vous le dites, vous serez peut-être un peu bancal d'une jambe mais, croyez-moi, cela ne vous empêchera pas de progresser à pas de géant.

La porte se referma avec un claquement abrupt. Visiblement, la surveillante n'avait pas encore digéré le verre de champagne.

Sharkey attendit que le convoi soit hors de portée de voix et ajouta :

— Maintenant, vous avez un martyr dans vos relations, les amis. Tâchez d'en tirer parti comme il faut.

— Je ne vois pas ce qu'on peut en faire, s'étonna Patsy.

— Cherchez et vous trouverez. Les temps changent. Tout à fait entre nous, la Prohibition n'en a plus pour longtemps et le nombre des chômeurs va augmenter...

Max jeta un coup d'œil à Noodles puis, comme s'il ne demandait qu'à se laisser convaincre, invita Sharkey à être plus précis.

— N'avez-vous jamais pensé à vous lancer dans les affaires ? répondit le politicien. Vous possédez de grosses sommes en liquide et vous ne tenez pas à ce que le fisc en entende parler, n'est-ce pas ? Tous ces camions qui, actuellement, servent à convoyer les alcools, bientôt, leurs propriétaires les vendront pour une bouchée de pain.

Noodles s'interposa en levant la main.

— Le transport routier, ça ne nous intéresse pas. Trop dur et pas assez juteux.

Le téléphone sonna et Sharkey prit la communication.

— Oui. Faites-le monter.

Il raccrocha et reprit :

— Un ami à moi. Vous ne voyez pas assez loin, Noodles. Je ne parle pas de quelques camions mais de plusieurs centaines, exploités par une entreprise de dimension nationale, elle-même soutenue par une puissante organisation syndicale ayant à sa tête notre ami Conway. Quoi que vous lui demandiez, il ne peut plus vous le refuser. D'abord, il vous doit beaucoup, ensuite vous en savez trop sur la façon dont cette grève a été réglée. Soyez tranquille, il jouera le jeu.

Chapitre XVI

Miami n'en était encore qu'à ses balbutiements. Des hôtels neufs et rutilants avaient poussé un peu partout, entourés de jeunes palmiers et de pelouses vert tendre. Certains possédaient une piscine d'un bleu éclatant dont l'eau scintillait sous le soleil mais, dans l'ensemble, la clientèle préférait la portion de sable blanc et d'océan que l'établissement mettait à sa disposition. Les femmes portaient de longs costumes de bain, auxquels s'ajoutait parfois une jupette et qui, au goût de certains messieurs, dissimulaient un peu trop leur anatomie. Les mêmes messieurs étaient vêtus de shorts serrés et de maillots de corps à rayures, propres à mettre leur physique en valeur.

Près du jardin d'un hôtel, à deux pas de la mer, une meute de vacanciers s'était attroupée autour d'un jeune marchand de journaux. Ce jour-là, les nouvelles se vendaient comme des petits pains. Les gens poussaient des exclamations de joie à la simple vue des gros titres.

Un baigneur lança son journal dans les airs. Pendant que le papier planait, suspendu comme un oiseau dans la brise marine, il tomba à genoux et se mit à creuser frénétiquement dans le sable dont il extirpa une bouteille brune. Levant la bouteille au ciel il fit une parodie de prière puis, sans se cacher, ouvrit le bouchon et se mit à boire.

Eve, dans une tenue de bain neuve qui ne passait pas inaperçue, revenait vers le groupe, plongée dans la lecture d'un journal. Les yeux fermés, Noodles semblait assoupi tandis que Max et Carol, indifférents aux visages réprobateurs qui les entouraient, se prodiguaient des caresses provocantes. Eve s'agenouilla près de Noodles et lui étala le journal sur le visage. Emergeant du sommeil, ce dernier commença par pousser un grognement. Puis il ouvrit les yeux, vit Eve, sourit et commença à lire.

Sans bouger ou montrer une ombre d'émotion, il demanda à Max :

— On a combien dans la valise ?

Après avoir extrait sa langue de la bouche de Carol, Max répondit :

— Pourquoi ? Tu envisages de faire un emprunt ?

— Non, dit Noodles en lui tendant le journal. C'est simplement qu'on va se retrouver au chômedu à partir de Noël.

Dans un même mouvement, Max et Carol se penchèrent sur le gros titre :

Abrogation de la loi Volstead. Fin de la Prohibition en décembre.

— Merde ! jura Max en guise de commentaire.

Puis il répondit à Noodles :

— L'un dans l'autre, ça doit se monter à un million de billets verts.

— Waouh ! s'exclama Carol impressionnée. Et où vous cachez tout ça ?

De mauvaise humeur, Max répondit méchamment :

— Dans mon calecif.

— Tu parles ! S'ils étaient là, il y a longtemps que je les aurais trouvés !

Irrité, Max jeta le papier sur la plage.

Noodles bâilla et s'étira au soleil.

— Il faut se réorganiser, Max. J'ai deux ou trois petites idées.

Aplatissant le sable devant lui, Max se mit à tracer un croquis incompréhensible.

— Moi aussi, dit-il.

— Moi, dit Eve, si j'avais un million de dollars, je ne me paniquerais pas.

— Un million..., répéta Max, presque méprisant. Mais moi, j'en veux vingt, cinquante même !

— Où tu vas les prendre ? questionna Noodles.

— Là.

Max indiqua un point sur son croquis. Noodles approcha et vit une croix qui pouvait être une intersection et un carré, peut-être un bâtiment.

— Qu'est-ce que c'est ?

Max prit un air mystérieux.

— Un rêve, répondit-il et se donnant un coup de poing sur le front. Un rêve que j'ai là-dedans depuis des années et des années. Mon vieux Noodles, je te jure devant Dieu que maintenant, on va en faire une réalité. Ce sera le plus gros coup de tous les temps.

— Ah oui ? Et quoi ?

Max leva les yeux de son dessin et planta son regard dans celui de Noodles.

— La réserve fédérale !

Le visage de Noodles se figea en un masque d'incrédulité.

— Avec des chambres fortes enterrées à plus de trente mètres et une armada de flics dans toute la cabane, non mais tu rigoles ou quoi ?

— Noodles, mon copain, mon pote, reprit Max d'un ton paternel, sache que Maximilian Bercovicz n'a pas l'habitude de rigoler avec ce genre de chose. Rappelle-toi : fais de grands pas et tu arriveras plus vite...

— Tu es fou.

Max devint violet de rage. De grosses veines saillantes se mirent à battre sur ses tempes. Il saisit Noodles par les poignets et lui hurla au visage :

— Ne répète jamais ça, Noodles ! Tu m'as compris, jamais !

***

C'était très clair, maintenant. Noodles avait sorti de sa mémoire toutes les images du passé. Crowning, Chicken Joe et Willie... Jimmy Conway, le syndicat... Eve, Carol, le voyage à Miami... Il lui avait fallu du temps pour tout remettre en place, mais, depuis peu, il y était. Certes, il manquait encore une pièce ou deux pour compléter le puzzle mais cela viendrait. Oui, il lui avait fallu beaucoup de temps depuis le jour de l'explosion et pourtant, il lui semblait qu'on l'avait aidé, que quelqu'un voulait le voir réussir, trouver pourquoi il était revenu à New York alors que tous étaient morts. Enfin, presque tous. Il restait encore Fat

Moe et, quelque part à Hollywood, Deborah était devenue une grande star. Si l'on mettait Conway de côté, tous les autres avaient disparu. Excepté lui-même et la femme à qui il était venu rendre visite à la maison de retraite.

Assis face à elle, il attendait qu'elle ouvre la bouche. Son visage était ridé, ses cheveux avaient blanchi mais, aucun doute possible, c'était Carol.

Elle regarda Noodles, puis dit :

— Viens faire un tour.

Ils se levèrent, traversèrent le foyer et passèrent dans la salle à manger où quelques vieillards achevaient leur repas avec, pour tout entourage sonore, le tintement des couverts sur les assiettes.

Regardant droit devant elle, Carol se remit à parler sans tourner la tête vers Noodles. Il lui sembla qu'elle retrouvait sa pugnacité de jadis.

— Toutes ces années qui ont filé... et tous ces morts. Pendant combien de temps t'es-tu réveillé chaque matin tenaillé par le remords d'avoir tué Max ?

Dans le couloir, Noodles s'arrêta devant une photo punaisée au mur. Elle avait été prise lors d'une fête. Un groupe de pensionnaires particulièrement âgés posaient derrière une table de banquet, flanqués de médecins, de notables et de tous les importants personnages participant de près ou de loin à la vie de l'établissement. Des bouteilles de champagne se dressaient sur la nappe blanche et certains dignitaires levaient leur coupe. Au centre du groupe, une très belle femme d'âge moyen semblait être l'attraction vedette. Noodles reconnut immédiatement Deborah.

— Qu'est-ce que ça veut dire ? s'exclama-t-il.

— C'est la soirée d'inauguration. Il y a quinze ans. Je n'étais pas encore ici.

— Et elle ?

Il n'eut pas besoin de montrer Deborah du doigt. Carol avait compris de qui il parlait.

— C'est une actrice, répondit-elle. La sainte patronne de la maison, en quelque sorte.

— Tu la connais ?

— Non.

Carol enchaîna brusquement :

— Tu savais que le père de Max avait fini dans un asile de fous ? Et lui aussi, il commençait à déménager. Tout doucement, mais j'étais bien placée pour m'en apercevoir.

Max n'était peut-être pas complètement fou mais il le serait vite devenu.

En repartant, Noodles réfléchit à ce qu'elle lui avait dit. Oui, tout commençait à prendre un sens, même son propre rôle. Il avait cru être le maître de ses actes alors qu'il avait été entièrement téléguidé, et depuis le début.

***

Assis dans la voiture, Noodles et Carol étudiaient l'extérieur de la Federal Reserve Bank. La bâtisse, située à Manhattan, était massive, grise, solide et visiblement conçue ainsi pour dégager une impression de respectabilité et de sécurité. Elle était tout aussi visiblement bien gardée et inviolable. Carol coupa le contact. Bien que l'on fût en pleine journée, à une heure où les gens devaient en principe se trouver à leur travail, les rues paraissaient bondées. Carol tira une bouffée sur sa cigarette et demanda :

— A ton avis, un coup aussi délirant peut avoir combien de chances de réussir ?

— Demande-le à Max, maugréa Noodles. C'est toi qui passes tes journées avec lui... et tes nuits aussi. Tiens, pose-lui donc la question pendant que vous vous envoyez en l'air, peut-être que ça te donnera droit à des révélations sensationnelles. Moi, en tout cas, je ne vois pas.

— Ecoute, Noodles, ça n'a jamais vraiment collé entre nous. A part, peut-être, une fois en passant, à Detroit. Disons qu'on se supporte pour Max. Bon, je crois que là, on a vraiment l'occasion de faire quelque chose ensemble... pour lui. Après, si tu veux, on pourra recommencer à se détester cordialement, comme avant. Je pense que, si on laisse faire, ce sera un suicide organisé. Pour toi et pour les autres. Oui, un suicide pur et simple.

— Alors, essaie de le convaincre. Tu en as les moyens. Pourquoi tu penses que la nature t'a mis une boîte à ouvrage entre les jambes si ce n'est pas pour mener au moins *un* type par le bout du nez ?

— *J'avais* les moyens. Et, tu peux me croire, cette « boîte à ouvrage », comme tu dis, je sais m'en servir. Seulement on ne baise plus ! Il est incapable d'autre chose que de parler de gaz lacrymogènes et de prise d'otages. Il le fera, tu sais. Il ira jusqu'au bout, avec ou sans toi.

Carol jeta sa cigarette par la fenêtre puis regarda Noodles.

— Si tu te faisais mettre en prison, le coup de la banque n'aurait pas lieu...

Elle scruta son visage pour essayer de voir sa réaction. Noodles n'en montra aucune.

— En fait, reprit-elle, l'idée n'est pas de moi, mais de Max.

— Comment ça ?

— Il faut voir comment il parle de toi. Il dit qu'Eve t'a coupé les couilles, il dit que tu mouilles ton pantalon chaque fois que tu passes devant cette banque. Il dit... il dit que tu serais le premier content si les flics te bouclaient, pour n'importe quel motif, et t'empêchaient de participer au coup. C'est vrai ?

Noodles tourna les yeux vers la banque. Son silence en disait plus long que toute réponse.

— Alors vas-y ! lança Carol. Livre-le aux flics ! Fais-le mettre en taule ! Au moins jusqu'à ce qu'il retrouve ses esprits. Et, si tu ne supportes pas l'idée d'être séparé de lui, allez-y ensemble. Vous serez toujours mieux là-bas que six pieds sous terre !

Elle fit partir le moteur en ajoutant :

— Tu sais mieux que moi ce qu'il y a à faire. Mais, si tu n'agis pas, Noodles, moi je m'en chargerai !

Chapitre XVII

Quatre bouteilles de champagne avaient été transformées en chandeliers. Orné d'un ruban rouge sur lequel on pouvait lire « Prohibition », un petit cercueil noir porté par deux serveurs avançait en tanguant dans la salle obscure. Hommes et femmes s'alignèrent, se prirent par les hanches pour former une chenille et suivirent le convoi en se trémoussant au rythme de la musique. L'orchestre avait choisi l'une de ces célèbres marches funèbres que les musiciens noirs de La Nouvelle-Orléans jouaient lorsqu'ils conduisaient un des leurs à sa dernière demeure. Dans l'assemblée, certains poussaient le zèle jusqu'à faire semblant de pleurer. D'autres, les trafiquants d'alcools et tenanciers de bars clandestins, ne faisaient pas semblant. Pour eux, la fin de la Prohibition était réellement un deuil tragique. Mais, dans sa grande majorité, la clientèle de « Chez Fat Moe » était aux anges.

Un peu ivres, tant à cause de la boisson que de l'euphorie contagieuse, Patsy, Cockeye et Peggy s'étaient joints aux danseurs. A l'écart, les yeux brillants et le sourire aux lèvres, Max les regardait serpenter entre les tables. Près de lui, Carol, crispée, surveillait ses moindres gestes d'un œil anxieux. A chaque instant, de nouveaux clients s'accrochaient à la chenille et le cortège s'allongeait. Ceux qui ne dansaient pas buvaient, riaient et lançaient des fleurs. C'était une explosion de joie sans pareille, un événement qu'on ne reverrait jamais, une soirée unique et tous étaient décidés à la rendre inoubliable.

Assise au bar, Eve se régalait de la pantomime. Au début, elle ne remarqua pas que Noodles avait une figure morose, lugubre même, comme si la mascarade le rendait malade. Elle lui parla plusieurs fois. Il ne répondit pas. C'est alors qu'elle l'observa et commença à s'inquiéter.

— Qu'est-ce qui se passe ? Tu ne t'amuses pas ?

Noodles lui adressa un sourire forcé, sortit son oignon pour vérifier l'heure puis il vida son verre d'un trait.

Eve insista :

— Pourquoi vous sortez ce soir ? Je ne vois pas à quoi ça rime puisque la Prohibition est pratiquement finie.

— Tout le monde liquide, répondit Noodles d'un ton maussade.

Puis il s'arrêta, comme pour réfléchir à ce qu'il allait dire et, finalement, enchaîna :

— On nous a proposé du whisky pour pratiquement rien. Alors, on a dit qu'on le prenait pour les débarrasser. On sera absents un bon moment...

— Je t'attendrai à l'hôtel. J'aime quand tu rentres tard et que tu me réveilles.

— Je ne rentrerai pas cette nuit.

Il marqua une nouvelle pause.

— Ni la nuit prochaine.

— Je pensais que ça allait te prendre une ou deux heures, dit Eve en s'efforçant de masquer son inquiétude.

Elle aurait bien aimé le questionner plus avant, mais, au même instant, les lumières s'allumèrent. Le cercueil venait d'être déposé sur une table dans le fond de la salle. Les ovations et le tonnerre d'applaudissements rendaient toute conversation impossible. Abandonnant Carol, Max avança au centre de la pièce et leva les bras pour demander le silence.

— Mesdames, Mesdemoiselles, Messieurs, je bois à la mort de « Chez Fat Moe » ! Lequel d'entre vous, en effet, voudrait venir ici pour prendre un verre en toute légalité ?

Eclats de rire. Les verres se vidèrent. Les serveurs firent sauter d'autres bouchons. On portait des toasts, on s'embrassait. A mesure que le champagne coulait, toasts et embrassades se multipliaient. Max se dirigea vers Patsy et Cockeye. Il héla un serveur, fit remplir les verres et porta un toast en privé d'une voix poignante d'émotion :

— Les gars, je bois à notre dernier convoi. Ce soir, il n'y aura pas simplement une cargaison de tord-boyaux dans le camion, il y aura dix ans de notre vie. Dix ans exceptionnels qu'on ne regrettera jamais d'avoir vécus. Et je ne sais pas comment j'aurais fait sans vous deux. Maintenant, c'est fini, il va falloir changer de cap. Mais, soyez tranquilles, je vous réserve encore quelques belles surprises...

Ils vidèrent joyeusement leurs verres mais cela ne semblait pas suffire à Max. Il prit les deux jeunes gens dans ses bras et les serra contre lui avec une effusion presque frénétique. Puis, finalement, il alla rejoindre Carol.

Près de la table du fond, Fat Moe, coiffé d'une toque blanche, découpait des parts du gâteau-cercueil et les faisait circuler autour de lui. Malgré la musique et le brouhaha, on pouvait à nouveau s'entendre parler. Eve se tourna vers Noodles et lui demanda :

— Il faudra que je t'attende combien de temps ?

— Quelque chose comme un an et demi, répondit-il d'une voix blanche. Moins environ six mois de remise de peine pour bonne conduite...

Lorsqu'elle ouvrit la bouche pour demander d'autres explications, il l'interrompit avec autorité :

— Pas de questions ! Tu n'as rien à savoir ! Rappelle-toi seulement une chose : je ne te fais pas confiance et je ne te dis jamais rien. C'est ce que tu devras répéter, ça et rien d'autre, quoi qu'il arrive.

Eve lui prit une main et la serra entre les siennes. Avec un pâle sourire, Noodles conclut :

— Mange, dors et habille-toi chaudement.

Ce furent ses dernières paroles. Malgré les tentatives d'Eve pour en savoir plus, il resta de glace. Même lorsqu'elle lui proposa de danser, il refusa d'un signe de tête.

A un moment, Max parvint à accrocher son regard.

— Noodles ! lança-t-il en levant son verre. *L'chayim* !

Un peu plus tard, Noodles repoussa les mains d'Eve, descendit de son tabouret et traversa la salle sans regarder personne. Eve mais aussi Carol le suivirent des yeux, l'air préoccupé. Max, également, l'observait. Noodles entra dans le bureau, ferma la porte et tourna la clef. Ensuite, il alla droit au téléphone et composa un numéro. Le tintement de la sonnerie, à l'autre bout du fil, n'eut pour effet que de décupler sa nervosité. Puis une voix répondit :

— Sergent Halloran, circonscription 23. Veuillez énoncer l'objet de votre appel...

Il prit une profonde inspiration et lâcha d'un trait :

— J'ai un renseignement pour vous.

A cet instant, on frappa à la porte. Noodles raccrocha vivement et alla ouvrir.

— Qu'est-ce qui t'arrive ? demanda Max en entrant. Tu es tout pâle. Tu es malade ? Un jour comme aujourd'hui ? Mais c'est une soirée mémorable, mon vieux ! Plus mémorable même que tu ne le penses. Et puis j'ai besoin de toi.

— Je vais bien, dit doucement Noodles.

— Ça ne se dirait pas ! En fait, tu as l'air complètement naze. Ecoute, Noodles, il vaudrait peut-être mieux que tu ne viennes pas ce soir. Allez, ne t'en fais pas, on se débrouillera sans toi.

— Et pourquoi je ne viendrais pas ? Je te dis que je vais très bien.

Max posa un pied sur le trône et commença à astiquer sa chaussure avec un mouchoir de soie.

— Je t'observe depuis le début de la soirée. Tu n'as pas arrêté de picoler. Comment ça se fait ? Tu as besoin de te regonfler ou quoi ? Oui, c'est sûrement ça. Qu'est-ce que tu as pu descendre, mon salaud ! A moins que ce soit le vitriol maison qui t'ait bouffé l'estomac.

Noodles se taisait. Max cessa un instant de frotter et tourna les yeux vers lui.

— C'est un convoi ordinaire, tu sais. On va simplement chercher du whisky, comme d'habitude. Si tu as changé au point que même ça te foute les chocottes, effectivement, tu ferais mieux de rentrer à la maison avec Eve. Tu pourras lire ton journal au coin du feu pendant qu'elle te tricotera un chandail. Bien au chaud et bien à l'abri, c'est ça qui te plaît ?

— Max, tu sais très bien que je marche avec toi.

Max s'attaqua à son autre chaussure. Il la briqua jusqu'à ce qu'elle soit éclatante puis dit :

— Je me demande si Sharkey n'avait pas raison. Je ferais peut-être bien de te laisser tomber...

— C'est vrai que tu es fou, déclara Noodles en faisant volte-face pour prendre la porte.

— Ne dis jamais ça ! hurla Max.

Avec un cri de rage animale, il bondit sur Noodles et

lui assena un violent coup de poing derrière la nuque. Noodles tomba en avant. Etourdi, paralysé par la stupeur, il leva les yeux vers son ami. Il vit le visage de Max déformé par la fureur, puis sa main qui tenait un gros revolver par le canon. La crosse s'abattit sur sa tête et il perdit connaissance.

***

Noodles avait longuement réfléchi : il n'y avait plus de raison de feuilleter dans le passé. Carol lui avait apporté la plupart des réponses qu'il cherchait. Mais il lui restait encore une personne à voir. C'était pourquoi il se trouvait au théâtre et venait d'assister à la représentation d'*Antoine et Cléopâtre* de Shakespeare. Il venait voir Deborah.

En attendant devant la loge, il sentit sa gorge se nouer. Cela en valait-il la peine ? Lui fallait-il réellement trouver la solution de l'énigme ? Il pouvait aussi bien suivre le conseil de Fat Moe : « Prends l'oseille et tire-toi. » Mais non, il ne le pouvait pas. Si on l'avait trouvé après toutes ces années, on le retrouverait cette fois encore. Il était obligé de jouer le jeu selon les règles qui lui étaient imposées et de voir où cela le mènerait.

Le rideau était tombé depuis longtemps mais une grande effervescence régnait encore en coulisse. Les machinistes préparaient le spectacle du lendemain. Les acteurs sortaient par petits groupes. Encore dans l'ambiance de la représentation, ils parlaient haut et jouaient les uns pour les autres. Le trône royal alla rejoindre sa place près de la loge, porté par deux hommes qui renversèrent presque Noodles. Il ne put s'empêcher de repenser à Max et à son trône de roi bohémien. Le passé...

Une femme entre deux âges, grisonnante et vêtue d'un uniforme d'habilleuse, ouvrit la porte et invita Noodles à entrer.

Les mains moites, il lui emboîta le pas, traversa une petite antichambre puis entra dans une pièce plus spacieuse : la loge d'une star. Débarrassée de sa couronne et de sa perruque, mais toujours vêtue de ses atours royaux, Deborah attendait, debout. De près, le maquillage était un masque épais conçu pour faire ressortir l'intensité tragique du visage de Cléopâtre pour ceux qui n'avaient pas la chance d'être placés près de la scène.

Ils se regardèrent un moment dans un silence lourd de tension. Noodles avala sa salive et parla le premier en s'efforçant mais sans succès de prendre un ton badin :

— Bonsoir, Deborah. Alors, tu ne dis rien ?

— Que peut-on trouver à dire après plus de trente ans ? Salut ? Quoi de neuf ? Ça fait un bail ?

— Pas mal. Que dirais-tu de : « Comment ça va ? Tu n'as pas l'air mal. » A moins que ça ne te paraisse pas approprié. Alors, ce serait : « J'espérais ne jamais te revoir. »

Elle répondit d'une voix troublée :

— Je *pensais* ne jamais te revoir. Il y a une nuance.

Noodles l'examinait en décortiquant ses gestes et ses paroles.

— Au moins, tu m'as reconnu. C'est déjà quelque chose après toutes ces années.

— Il faut avoir une bonne mémoire pour être comédien.

Elle s'approcha d'une table sur laquelle étaient posés des bouteilles, des shakers et un seau de glace.

— Je t'offre un verre ? demanda-t-elle.

— Non, merci.

— Moi, j'en prendrai un.

D'une main tremblante, elle se servit une rasade respectable, but une petite gorgée puis se tourna vers un grand paravent derrière lequel l'habilleuse s'affairait.

— Margot ! lança-t-elle. Je n'ai pas besoin de vous pour le moment.

— Très bien, mademoiselle. Je vais en coulisse.

— Mademoiselle ? releva Noodles. C'est de la coquetterie ou bien tu ne t'es jamais mariée ?

— Je ne suis pas mariée.

— Ah bon ! Et tu vis seule ?

Deborah eut une courte hésitation puis répondit :

— Non.

Elle alla s'asseoir à sa table, posa son verre et commença à se coiffer. Noodles la regardait dans le miroir.

— Où étais-tu ? demanda-t-elle.

— Disons, en voyage.

— Et quand es-tu revenu ?

— Il y a quelques jours.

— Tu comptes rester ?

— Ça dépendra.

Deborah était en train de s'épingler les cheveux.

— Et pourquoi as-tu voulu me revoir ? Par nostalgie du bon vieux temps ?

— Oui et non. J'avais deux raisons. D'abord, je voulais savoir si tu avais fait le bon choix en me plaquant pour devenir actrice.

— Alors ?

— Affirmatif. Je t'ai trouvée sensationnelle. Non, mieux que ça, parfaite, sublime. Enfin, je n'arrive pas à trouver le mot...

Tout à coup, Noodles se sentit un peu gêné, il écarta ses yeux du miroir et son regard tomba sur une grande affiche représentant Deborah en Cléopâtre. Un vers de la pièce était cité en guise de légende :

L'âge ne peut la flétrir, ni l'habitude tarir son inépuisable diversité.

Noodles lut à haute voix : « L'âge ne peut la flétrir... », puis commenta :

— On dirait que ça a été écrit pour toi.

Une trace de sourire s'esquissa sur les lèvres de Deborah.

— J'ai encore mon maquillage sur la figure. Crois-moi, Noodles, quand je l'enlève, ça change beaucoup de choses.

— Non. Ça ne change rien. Pour moi, tu as conclu un pacte avec le diable.

— C'est vrai, mais pas dans le sens que tu crois. Je n'ai pas vendu mon âme pour garder ma jeunesse, j'ai donné ma jeunesse pour garder mon âme.

Elle porta le verre à ses lèvres, but une importante gorgée puis demanda :

— Et l'autre raison ?

C'était la question qu'elle ne voulait pas poser. Noodles le savait. Il la fit languir un instant avant de dire :

— Je veux décider si, oui ou non, je dois me rendre à une réception demain soir.

— Une réception ? répéta Deborah en essayant de garder un ton anodin.

Très paisiblement, Noodles laissa tomber :

— Oui, dans Long Island. Chez le secrétaire Bailey.

Le verre que Deborah s'apprêtait à reposer resta figé entre ses lèvres et la table. Elle dut déployer un effort considérable pour empêcher sa voix de trembler lorsqu'elle demanda :

— Tu connais le secrétaire Bailey ?

— Non. C'est ça qui est drôle. Je suis à New York

depuis quelques jours. Pas d'amis, pas de relations et voilà qu'un grossium m'invite chez lui...

— Mais... pourquoi t'a-t-il invité si vous ne vous connaissez pas ?

— Je te l'ai dit, c'est ça qui est drôle. Mais j'ai pensé que tu pourrais peut-être m'éclairer là-dessus.

— Moi ? Pourquoi ?

— Parce que tu le connais, enfin. J'ai fait ma petite enquête et je sais que...

Noodles fut interrompu par des coups à la porte de la loge. Soulagée par cette heureuse intervention, Deborah lança :

— Qui est là ?

— C'est moi, David. Je viens te chercher. Je peux entrer ?

Le soulagement de Deborah fut de courte durée.

— Non, pas maintenant ! répondit-elle, une pointe de panique dans le ton. Une toute petite minute ! Attends dehors. Je... je t'appellerai.

— O.K.

Un court silence, puis la voix ajouta :

— Je reste ici.

Noodles attendit qu'elle ait retrouvé un semblant de contenance et poursuivit :

— Que me veut le secrétaire Bailey ?

— C'est pour me demander cela que tu es venu ici ? Mais comment veux-tu que je le sache ? *Pourquoi* veux-tu que je le sache ? Je ne suis pas sa préposée aux relations publiques !

La voix de Noodles se fit dure.

— Pourquoi m'a-t-il envoyé cette invitation ?

Soudain, après toute une vie passée à maîtriser ses intonations, Deborah perdit son self-control et hurla avec hystérie :

— Je ne sais pas ! Je ne sais pas ! Comment pourrais-je savoir quelque chose sur cette invitation ? Qu'est-ce que tu me veux ? Pourquoi es-tu venu ici ? Je ne sais rien, rien, *rien* !

— Je retire ce que j'ai dit tout à l'heure. Tu n'es pas si bonne actrice que ça. En tout cas, pas maintenant. En ce moment, ton petit numéro est carrément ringard.

Voyant qu'elle ne répondait pas, Noodles fit un pas en avant, comme s'il était prêt à la frapper, mais il reprit d'un ton insistant :

— Qui est le secrétaire Bailey ?

La voix de Deborah n'avait pratiquement plus de timbre.

— Un homme d'affaires important. C'est un immigré qui est arrivé dans le pays sans un sou. Il a vécu pendant plus de trente ans à San Francisco et à Los Angeles. C'est là-bas qu'il a fait fortune.

— Fais-moi grâce de la biographie, s'il te plaît. J'ai déjà lu tout ça dans les journaux. Quoi d'autre ?

— Il avait épousé une femme riche qui est morte à la naissance de leur fils. Quelques années plus tard, il s'est lancé dans la politique et est venu s'installer ici.

— Encore des conneries bonnes pour les journaux. Ce qui m'intéresse, c'est maintenant, à cette minute précise !

— Maintenant, il a des ennuis.

— Ça, tu peux le dire... En fait, tu n'as oublié qu'un détail : de me dire que tu étais sa maîtresse et que vous viviez ensemble depuis une quinzaine d'années. Pourquoi ? Ça te fait peur ? Tu vas me dire que c'est des cancans pour les feuilles à scandale, seulement, c'est aussi dans les journaux sérieux. Pratiquement tous les articles que j'ai lus le mentionnent pour la petite histoire.

Brusquement, la tension de Deborah se relâcha. Son visage se détendit. Elle retourna à sa coiffeuse, s'assit et se regarda dans la glace.

— Si, l'âge peut me flétrir, Noodles, dit-elle après s'être longuement examinée. Je suis vieille. Toi aussi, tu es vieux. Il ne nous reste plus rien que des souvenirs. Si tu vas à cette réception, tu perdras cela aussi. Déchire ton invitation. Il y a une porte dérobée derrière ce paravent. Elle donne sur un petit passage perpendiculaire à la rue. Passe par là, sauve-toi... vite... le plus vite possible !

Ses yeux étaient implorants. Ceux de Noodles restaient d'un froid polaire.

— Je t'en supplie, Noodles ! File et va-t'en sans regarder derrière toi...

— Sans regarder derrière moi ? fit-il. De quoi tu as peur, encore ? De me voir changé en statue de sel ? N'oublie pas que je lisais la Bible en prison... Alors ? questionna-t-il en haussant le ton pour la première fois. Tu penses vraiment que quelque chose va se passer et me changer en statue de sel ?

La réplique de Deborah claqua, sèche, presque défiante.

— Si tu sors par la grande porte, oui.

Noodles secoua la tête, comme s'il ne parvenait à croire

ce qu'il voyait et entendait. Puis il fit volte-face et, malgré le geste de Deborah, il ouvrit la porte.

Comme elle l'avait prédit, il resta pétrifié sur le seuil, probablement aussi immobile que la femme de Loth. Assis sur le trône de Cléopâtre, il y avait Max, le Max de 1933. A une différence près : les cheveux blonds de ce Max étaient longs. Deborah arriva derrière Noodles et lui posa une main fine sur le bras. Comme pour le rassurer ou, peut-être, le retenir.

La voyant sortir, le jeune homme qui siégeait sur le trône lui fit un petit signe et sourit. Même son sourire était celui de Max. D'une voix qui n'était plus qu'un souffle, Deborah fit les présentations.

— Noodles, voici le fils du secrétaire Bailey. Il s'appelle David, comme toi.

Il y eut un long silence flottant puis Noodles s'éloigna. Il passa devant le jeune homme puis, sans se retourner, s'engagea sur la scène obscure et disparut à leur vue. Une larme roula sur la joue de Deborah. David la regarda d'un œil interrogateur.

Chapitre XVIII

Derrière la fenêtre de son bureau, au deuxième étage de sa résidence de Long Island, le secrétaire Bailey scrutait sa vaste propriété. Apercevant son reflet dans la vitre, il nota qu'il avait considérablement vieilli ces derniers mois. Quoique anxieux, ses yeux étaient empreints de ce brillant exalté qu'ils avaient eu lorsque, jeune homme, il avait amassé son premier million de dollars grâce au trafic d'alcool et au meurtre.

La réception qu'il avait organisée battait son plein. Sa dernière réception, se disait-il. Lanternes et bornes lumineuses éclairaient les allées carrossables, un chemin qui conduisait à un appontement sur le pertuis de Long Island ainsi que des sentiers pédestres d'une conception très élaborée. Il y avait déjà foule dans la propriété et les invités ne cessaient d'affluer par la longue allée sinueuse. Femmes chic, habillées par les plus grands couturiers, hommes en smokings, militaires en uniformes d'apparat chargés de médailles, tous semblaient se connaître et se saluaient d'un shake-hand, d'un baisemain, parfois d'une claque sur l'épaule.

Des tables chargées de victuailles raffinées étaient disposées un peu partout. Des laquais circulaient avec des plateaux et proposaient nourriture, champagne, vins fins. Cachés ici et là, des haut-parleurs diffusaient la musique qu'un orchestre à la mode jouait dans la salle de bal. On aurait pu se croire transporté dans le décor d'une superproduction cinématographique mais c'était la réalité. Ici, tout ce qui brillait était or. Les gens déambulaient, se rassemblaient en petits groupes, bavardaient. Tous se conduisaient comme on l'attendait d'eux : en personnes satisfaites de leur richesse et de leur souveraineté. Dans un sens, nul ne s'en félicitait plus que l'hôte lui-même, le secrétaire Bailey. Bailey qui, dans une vie antérieure dont pratiquement personne ne connaissait l'existence, avait porté le nom de Maximilian Bercovicz.

De sa fenêtre, Max aperçut Deborah, éblouissante, comme toujours. Elle était noyée dans une foule d'admirateurs et de pots de colle, hypnotisés par la présence proche d'une star qui, par surcroît, était la maîtresse d'un grand de ce monde.

Non loin d'elle, se trouvait David avec un groupe d'amis plus jeunes, moins sûrs d'eux-mêmes que leurs aînés, mais dont beaucoup avaient déjà compris que, dès leur naissance, le monde leur avait été mis entre les mains sur un plateau d'argent. Ceux-là commençaient à affecter l'allure de la réussite.

Puis Max s'écarta de la fenêtre : il venait de voir quelque chose. Il traversa la pièce et gagna son bureau sur lequel se trouvait le panneau de commande d'un système de télévision intérieure. Il manipula quelques boutons, les écrans s'allumèrent et firent apparaître les principales entrées ainsi que quelques coins plus isolés de la propriété.

Le bureau était spacieux et sombre. Les fenêtres étaient masquées par de lourdes tentures de velours. Une toile de maître ornait la cheminée et un somptueux tapis chinois couvrait le parquet. Luxe et abondance étaient les deux mots qui venaient à l'esprit lorsqu'on examinait la pièce.

Un interphone grésilla.

— Faites-le monter, répondit Max.

Il fixa son attention sur les écrans. Sur le deuxième, il vit Noodles suivi d'un laquais entrer dans la salle de réception, passer sur le troisième écran puis repartir. Il sortit du champ et réapparut presque aussitôt sur le deuxième écran. Le laquais, qui l'avait attendu, le précéda dans le grand escalier.

L'attention de Max était maintenant attirée par Deborah. Blanche comme un linge, les traits tirés, c'était une autre femme. D'un œil chargé d'angoisse, elle s'efforçait de suivre l'ascension de Noodles dans l'escalier.

Lorsque Max fut certain que Noodles allait arriver, il retourna à la fenêtre et se plongea dans la contemplation du jardin. Il vit son fils David sortir de la maison et rejoindre un groupe de jeunes gens exubérants, inconscients de ce qui se tramait si près d'eux. David s'approcha d'une fille très jolie, se pencha au-dessus d'elle et l'embrassa sur l'épaule. Max sourit. Comme s'il avait senti le regard de son père, le jeune homme se tourna vers la fenêtre et fit un petit signe affectueux.

Toujours souriant, Max lui renvoya son salut. Puis, brusquement, son visage se tendit. La porte s'ouvrit. Le laquais débita d'un ton obséquieux :

— Si Monsieur veut bien se donner la peine...

La porte se referma. Max resta immobile, le dos tourné à Noodles. Au bout d'un moment, il dit, toujours sans bouger :

— Qu'attendez-vous ? Entrez et asseyez-vous.

— Pour quoi faire, monsieur... Bailey ?

Max fit demi-tour et examina Noodles qui restait planté devant la porte. Les deux hommes s'observèrent après trente-cinq ans de séparation. Puis Max sourit.

— Pour discuter un brin, Noodles, répondit-il.

D'un geste, il invita Noodles à prendre place dans un gros fauteuil de cuir, au bout d'une table de conférence en acajou.

— Merci, dit Noodles en s'avançant à l'intérieur de la pièce.

Il ne s'assit pas. Les bras le long du corps, il attendait la suite avec curiosité mais se sentait plein d'une étonnante sérénité, comme s'il avait enfin atteint le but de son voyage.

— Je suis content que tu aies accepté mon invitation. Je craignais un peu que tu ne sois pas assez curieux.

— Il y avait de quoi. Jamais de ma vie, je n'ai vu une telle assemblée de personnalités. J'ai l'impression que vous avez beaucoup d'amis.

— En général, les rats désertent le navire qui sombre. Cette fois, c'est l'inverse. Ils se précipitent tous à bord. Une grande réception comme ça, ce n'est pas si loin d'une veillée funèbre. A cela près qu'il n'y a pas encore de mort exposé dans le boudoir... enfin, pas encore.

— Oui, j'ai vu dans les journaux que vous aviez pas mal d'ennuis. Evidemment, plus on monte haut, plus la chute est dure. Et, quand on est tout en haut, il y a certaines responsabilités, et aussi certains risques. Ce n'est pas toujours facile, pas vrai ?

— Non. D'ailleurs, j'avais dans l'idée que ça devait bien se terminer comme ça un jour ou l'autre.

Max alla au bar et servit deux whiskies. Jetant un coup d'œil dans une glace, il se crispa. Noodles venait de glisser la main dans sa poche intérieure. Puis il se détendit. C'était simplement pour sortir son invitation. Il l'exhiba en demandant :

— Pourquoi avez-vous souhaité me voir à votre réception, monsieur Bailey ?

Max revint avec les verres. Il en posa un sur la table devant Noodles. Ses mains étaient moites. Il était mal à l'aise.

— L'important, ce n'est pas l'invitation. C'est ce que tu as trouvé dans la valise.

— Un homme à abattre ?

— Oui.

— Le petit mot ne disait pas qui.

— Tu n'as pas deviné ?

— Vous-même, monsieur Bailey ?

Max acquiesça d'un hochement de tête quasi imperceptible.

— Je n'ai pas tenu une arme depuis des années, enchaîna Noodles. Mes yeux ne sont plus ce qu'ils étaient, même avec des lunettes. Il m'arrive parfois d'avoir les mains qui tremblent. Je ne voudrais pas rater mon coup, monsieur Bailey...

— Arrête ce cirque, Noodles ! aboya Max, devenant soudain rouge de colère. Je t'ai contacté et tu es venu ici pour égaliser le score. Pourquoi attendre ? Autant régler ça tout de suite.

Il sortit un revolver du tiroir de son bureau et le plaça sur la table à côté du verre.

— Vas-y, Noodles. Tu es la seule personne de qui je puisse l'accepter. Et puis tu me le dois. Pas simplement à cause de l'argent mais aussi pour ce que je t'ai fait.

Max indiqua une petite porte découpée dans le lambris.

— Tu peux sortir par là, dit-il. Il y a un escalier dérobé qui donne directement dans la rue. J'avais fait installer ça pour moi, en cas de besoin. Allez, bon Dieu, fais-le ! Personne ne te verra partir. Tu as le fric, tu peux te tirer où tu veux et vivre comme un roi le reste de tes jours.

— Je ne vois vraiment pas de quoi vous voulez parler, monsieur Bailey. Vous ne me devez strictement rien.

Max le regarda, totalement incrédule. Sa voix se fit presque glapissante de dépit :

— Tu avais les yeux trop mouillés de larmes pour ne pas te rendre compte. Ce n'était pas moi, le cadavre défiguré. Tu étais aussi trop secoué pour réaliser que les flics étaient dans le coup. C'était une opération du Syndicat, Noodles, et tu as été le pigeon numéro un !

D'une voix sans timbre, Noodles répondit :

— Vous devez avoir perdu la raison, monsieur Bailey.

— C'est aussi ce que tu me disais à l'époque, Noodles. Là encore, tu as bien marché. Je me suis débrouillé pour que Carol et toi vous pensiez que j'étais fou, histoire de donner de la cohérence à mon maquillage. Noodles, je t'ai tout pris ; à commencer par ta vie. J'ai vécu à ta place. Je t'ai pris ton fric, je t'ai même pris la fille que tu aimais. Ça fait quinze ans que je la baise ! En plus, je t'ai laissé vivre pendant trente-cinq ans avec le remords de m'avoir tué. Pourquoi ne tires-tu pas, Noodles ?

Noodles regarda le revolver. Des scènes du passé se mirent à défiler devant ses yeux. Les scènes d'une époque où tout paraissait simple...

... Max sur sa charrette, perché au sommet d'un échafaudage de meubles. Max, son vieil appareil photo à la main. Max qui le regardait... Deux gamins qui se demandaient s'ils allaient être amis ou ennemis...

... Un gros ballon rouge émergeant brusquement des eaux de la baie. Max et lui, transportés de joie, dansant dans le bateau. Le bateau qui se retournait, la tasse monumentale.

... Un cadavre défiguré, méconnaissable, gisant sur le trottoir mouillé. Un mélange de sang et d'eau de pluie. Un flic attachant une étiquette à la cheville du cadavre. Du sang... des ruisseaux de sang... une arroseuse de rues qui passait et puis plus de sang. Comme s'il n'y en avait jamais eu...

... Un jeune homme arrogant assis sur un trône...

Détournant le regard de l'arme, Noodles dit enfin :

— Il est vrai que j'ai tué, monsieur Bailey, parfois pour me défendre, d'autres fois parce qu'on me payait. Beaucoup de gens venaient nous voir : concurrents en affaires, associés, amants ou maîtresses. Nous refusions ou nous acceptions en fonction du cas. Le vôtre est de ceux auxquels nous n'aurions jamais touché, monsieur Bailey.

— C'est ta manière de te venger, n'est-ce pas ? demanda Max d'une voix accablée.

— C'est ma façon de voir les choses. Je suis trop vieux pour me venger. Le passé est le passé et rien de ce que je ferai ne pourra le changer.

Après un long silence, Max ouvrit une boîte sur son bureau et en sortit une vieille montre oignon à grosse chaîne d'or. Leur premier butin commun. Le début de leur rivalité et de leur amitié. Lorsqu'il la montra à Noodles, sa morgue d'enfant revint à la surface.

— Il est 21 h 32, vieille branche, et je n'ai plus rien à perdre. Quand quelqu'un t'a trahi, surtout un ami, punis-le. Allez, venge-toi !

Noodles secoua la tête et se rapprocha de la porte.

— Voyez-vous, monsieur le secrétaire, si vous avez une histoire, j'en ai une, moi aussi. Et elle est beaucoup plus courte. Il y a de cela de nombreuses années, j'avais un ami. Je l'ai dénoncé pour essayer de le sauver mais il a préféré mourir. C'était un ami très cher. L'affaire a mal tourné pour lui et, également, pour moi. Voilà tout.

Il ouvrit la porte et se retourna une dernière fois pour ajouter :

— J'espère sincèrement que l'enquête de la commission n'aboutira à rien. Ce serait tout à fait navrant de voir l'œuvre de toute une vie détruite de la sorte. Bonne fin de soirée, monsieur Bailey.

Il sortit et ferma derrière lui, laissant Max seul face à la vie qu'il s'était faite et qui touchait probablement à son terme.

***

Il ne se pressa pas de quitter la réception. Non qu'il eût envie de s'éterniser mais il avait vu les écrans de contrôle et savait que Max allait le surveiller. C'est pourquoi il traîna un moment dans la foule jusqu'à ce que ses pas l'amènent près de la sortie. Un gros camion de voierie était arrêté en face. Le moteur tournait au ralenti. « Drôle d'heure pour ramasser les ordures », se dit-il. En passant, il crut remarquer quelqu'un au volant. Les bruits de la fête, les rires, la musique déclinaient à mesure qu'il s'éloignait de la propriété.

Encore quelques mètres et il disparut dans l'ombre. Il s'arrêta et observa le véhicule, sûr de ne pouvoir être repéré.

A quelque distance, un homme se tenait immobile sur le trottoir. Peut-être Max, mais Noodles n'aurait pu en jurer. La silhouette, vêtue d'un smoking noir, commença lentement à traverser la rue, comme si on l'avait appelée depuis le camion. Au moment où elle échappa à la vue de Noodles, un grondement mécanique couvrit les échos provenant de la propriété. Le camion s'ébranla dans une trépidation sourde et s'approcha de l'endroit où Noodles guettait, caché derrière un arbre.

L'homme en smoking avait disparu, comme avalé par la nuit. L'ombre massive du camion passa. Noodles le suivit du regard et vit ses énormes mâchoires se relever lentement, inexorablement, en broyant une forme noire. L'homme au smoking ?

La forme disloquée fut avalée par les entrailles de l'énorme machine. Le monstre s'éloigna et bientôt, Noodles ne vit plus que ses feux arrière, brillant comme des yeux féroces.

Epilogue

C'était fini. Avec un profond sentiment de délivrance, Noodles se dit que maintenant, tout était clair, notamment la façon dont il avait été utilisé. Max était réellement fou. Peut-être pas de ces fous à lier que l'on cloîtrait dans les asiles, mais cette machination diabolique qu'il avait conçue ne pouvait être le fait d'un homme sain d'esprit. Mais Max n'était plus qu'un petit tas d'ordures compressées. Noodles laissa son esprit errer en s'éloignant à pied de cette propriété maudite de Long Island.

Une voiture tourna un coin de rue dans un hurlement de pneus. C'était une vieille Ford. Elle fonçait vers lui en klaxonnant, chargée de jeunes en délire qui lui criaient que la Prohibition était terminée. Vêtements, coupes de cheveux, tout était d'un autre âge. Noodles secoua la tête, pour se convaincre qu'il fallait cesser de vivre dans le passé, que tout était bel et bien fini.

Une voiture de sport décapotée suivait la Ford. Celle-ci aussi était pleine de fêtards ivres qui agitaient des bouteilles de whisky en poussant des exclamations. Ils portaient des vêtements des années trente. Probablement des gamins qui s'étaient habillés de vieilles fripes trouvées au grenier pour se rendre à un bal costumé.

Une bouteille voltigea dans l'air et se fracassa aux pieds

de Noodles dans une pluie de verre et d'alcool. Le bruit montait en crescendo — musique, klaxon, éclats de voix — et atteignit une intensité assourdissante. Noodles fit encore quelques pas, puis tourna au coin de la rue, laissant tout cela derrière lui.

Numéro éditeur : 4889
Numéro d'impression : 2674
Dépôt légal : avril 1984

ACHEVÉ D'IMPRIMER
SUR LES PRESSES
DE L'IMPRIMERIE S.E.G.
33, RUE BÉRANGER
CHATILLON-SOUS-BAGNEUX